TAKE
SHOBO

添い寝契約

年下の隣人は眠れぬ夜に私を抱く

涼暮つき

ILLUSTRATION
SHABON

蜜夢
MITSU
YUME

CONTENTS

MITSU YUME

イラスト／SHABON

添い寝契約

Soine Keiyaku

年下の隣人は
眠れぬ夜に
私を抱く

1　捨てる者あれば拾う者あり

その日、里中弥生《さとなかやよい》は結婚式の二次会に参加していた。新郎新婦ともに弥生と同じ高校の同級生で、当時はただのクラスメイトでしかなかったのだが、就職してから偶然の再会。それから数年の交際期間を経て今日に至るという、ありがちではあるがドラマチックな結婚への道のりであった。

近年流行りのプール付きのインドアガーデンパーティーで美味しい料理とアルコールでもてなされ、気心の知れた友人たちとの会話も一層弾む。

「弥生は？　そろそろ聡介《そうすけ》さんとそういう話出ないの？　付き合って何年だっけ？」

友人グループの中で、今でも定期的に連絡を取り合っている真紀《まき》に聞かれた。

「三年……かな」

「実際どうなのよ？　向こうもそろそろ結婚とか考える歳でしょ」

「もちろん考えてないわけじゃないけど……」

「そうよね！　私たちもうすぐ二十九！　悠長なこと言ってられないもん」

「あはは、確かに。真紀ちゃんは？　例の年下の彼とはどうなったの」

「仲良くやってるよ。でも、結婚となるとねぇ」

「分かる」

弥生には付き合って三年になる二つ年上の恋人がいる。恋人の聡介との仲は悪くない。付き合い始めの頃のような甘酸っぱさは多少薄れたが、彼との時間がすっかり身体に馴染《なじ》んでいる。

結婚も考えないわけではない。むしろ考えている——が、相手にそれを切り出すことはやはり勇気がいることだ。

会場の真ん中で新郎新婦が友人たちに祝福され、幸せそうな笑顔を見せている。

「いいなぁ……ああいうラブラブなの見ちゃうと彼氏に会いたくならない？」

「いいじゃない、真紀ちゃん明日も休みでしょう。このあと会いに行けば」

「まぁ、そうなんだけど。そういう弥生は？」

「彼、今日休みって言ってたからお迎え頼んでみようかな」

「なによ。結局、彼氏恋しくなってんじゃない」

真紀に図星を指されて弥生は照れ笑いを返した。


二次会がお開きになったのは、午後九時半を回っていた。

今夜の結婚式のことは聡介にも伝えてある。彼が「終わったら迎えに行こうか？」と言ってくれていたこともあり、弥生は友人たちと別れて聡介に電話を掛けた。

　お互い仕事が忙しくて最近はデートさえままならなかった。結婚式ということで普段よりうんとドレスアップして、髪もメイクも美容院で念入りにしてもらっていた。せっかくならこの姿を聡介に見てもらいたい、ほんの少しでも可愛いと思ってもらいたい。そんな期待を胸に電話の呼出音が途切れるのを待つ。

　何度目かのコールのあと「もしもし」と聞き慣れた聡介の低い声が聞こえた。

「あ、聡介？　いま二次会終わったところなんだけど……」

『二次会？　結婚式……そうか今日だったな』

「あのね、これから迎えに来てもらってもいい？　なんだか急に聡介の顔が見たくなっちゃって」

　弥生が言えば優しい彼のことだ、きっと来てくれると思っていた。

　ところが聡介から返って来た言葉は弥生が想像していたものとは違っていた。

『――ごめん、弥生。行けないんだ』

　快活な聡介には珍しく抑揚のない声だった。

「あ、なにか予定入っちゃってた？　ちゃんと約束してたわけじゃなかったもんね」

　聡介が「迎えに行こうか」と言ってくれていたのは本当だったが、結婚式は終わりの時間が読みにくいこともあり、曖昧な返事を返していたのは弥生のほうだった。

『いや、違うんだ。俺、もう――弥生とは会えない』

「え？」

『子供が――できたんだ。本当に申し訳ない……俺と、別れてくれないか？』

聡介が何を言っているのか理解するまでに少し間が空いて、次に発した声が震えた。

「え？　なに言って……。どういうこと？」

『言葉通りの意味だよ。弥生以外の女の子との間に子供ができた。――責任を取らなくちゃならないんだ。だから、別れて欲しい』

聡介の言葉にスマホを持つ手が震える。耳元で聞こえているはずの彼の言葉が弥生には異常なほど遠くに感じられた。

聡介が他にも何か言っていた気がするが、当然頭に入るはずもなく、彼の言葉はある意味気持ちのいいほどあっさりと弥生の耳を素通りしていった。

そのあと自分が聡介にどんな言葉を返したのかは覚えていない。

気付けば弥生は引き出物の紙袋をしっかりと膝の上に抱え、泣きながらタクシーに乗っていた。

聡介が浮気をしていたなんて、弥生にとって思いもよらないことだった。

――なんで？　どうして？　いつから？

相手に子供ができたというのは、多分一夜の過ちレベルの浮気ではなく、時期は分からないが継続的にいわゆる男女の関係を続けていたということなのだろう。

何に対して自分がこんなに涙を流しているのか分からなかった。

浮気をされたことへの悲しみか、裏切りに気付かなかったことへの悔しさなのか。頭の中がぐちゃぐちゃで何も考えたくない。

「お客さん。大丈夫？　結婚式で飲み過ぎたのかな？　気分悪いなら言ってね。すぐ停めるから」

タクシーの運転手がバックミラー越しに心配そうに弥生の様子を窺《うかが》う。

「すみません……大丈夫です」

最寄り駅近くで弥生はタクシーを降りた。その頃には涙も止まり、いくらか冷静さを取り戻していた。このまま真っ直ぐ社員寮の自宅に帰る気にもなれず、何度か訪れたことがある近くの居酒屋にふらりと立ち寄った。

週末の夜ということで店の中は客で賑《にぎ》わっていた。案内された奥の二人掛けの席に着くと少しのつまみとビールを注文して一人飲みを始めた。

いかにも結婚式帰りの着飾った格好で居酒屋に一人でいる弥生はやはりどこか浮いていた。店内にいる客が物珍しそうな視線を向けてくるのには気付いていたが、それでも飲まずにはいられなかった。

——浮気ってなに？　子供ってなに？

聡介の言葉を思い出す度、鳩尾《みぞおち》のあたりがキリキリと痛む。

本来楽しいお酒が好きだ。今夜だって友人の幸せな姿に嬉《うれ》しさが込み上げ、楽しいお酒を飲み交わしたはずだった——なのに。

「……どういうことよぉ」

何杯目になるか分からないビールのジョッキを空け、とにかく飲んだ。

何も考えたくない。次第に瞼《まぶた》が重くなり、それでもこんなところで寝るわけにはいかないと必死に睡魔に抗ってみたものの、限界を迎えた弥生はその場で静かに目を閉じた。


弥生が目を覚ますと、酷く頭が重かった。

うっすらと目を開け、ぼんやりとした頭で辺りを見渡すと、見慣れた壁に見慣れた天井が視界に入り、弥生はベッドの中にいた。

ああ、そうだ。昨夜飲んで——でも、どうやって帰って来たんだっけ？

「……頭痛い」

まぁ、いいか。とりあえず無事に部屋には帰って来れたんだし。

そう思いほっとしながら布団を掛け直した瞬間、普段感じることのない温もりを背中に感じてはっとした。自分とは違う、けれど確かに人の体温を背中に感じる。弥生が恐る恐る後ろを振り返ると同じベッドの中に人がいて、その誰かの呼吸のリズムに合わせて布団が僅かに上下している。

「え……!?」

自身の声に驚いて弥生は弾かれるように飛び起きた。

——ちょっと、待って！　ここどこ!?

一瞬にして頭が混乱をきたす。改めて辺りを見渡すと、自分の部屋だと思っていた部屋は、間取りこそそっくりだが自分の部屋とはその造りが対称だ。当たり前のように寝ていたベッドもよく見れば弥生のものではないし、部屋の中のインテリアにも全く見覚えはなかった。

さらに弥生を打ちのめしたのは、自分が衣服どころか下着さえ身に付けていない事実だった。ベッドの足元に視線を移すと、昨夜身に付けていたはずの結婚式用のドレスが丸まったまま床に落ちていた。

「ひぃっ」

どういうこと⁉　裸ってことはつまり——⁉

いやいや、ありえない！　いくら酒に酔っていたからといって見ず知らずの他人とどうこうなんて！

そう思い込もうとしてはみたものの、弥生はもう一度確認するように恐る恐る後ろを振り返った。隣に眠る正体不明の人間はどう見ても男性である。布団から覗《のぞ》く骨張った剝きだしの肩を見て、相手が自分と同じ全裸もしくは半裸の状態であることが想像できる。

自分と相手との間に何もなかった——というには状況証拠が揃《そろ》い過ぎている。

待って！　冷静になろう。

昨夜は、友人の結婚式に出て二次会のあと聡介に——と、そこまで記憶を遡ってこれまた重要なことを思い出す。

いやいや、それはいま置いといて！　問題はそのあとだ。

確か居酒屋に寄って一人で飲んで——それから？　かなり飲んだということは覚えている。

飲んで——どうしてこうなった⁉

こんな漫画やドラマではよくありがちなシチュエーションを現実に体験するなんて想像したこともなかった。弥生が半ばパニック状態のまま頭を抱えていると、ふいに布団が引っ張られ、隣に寝ていた男がうつ伏せのまま頭だけを上げ弥生を見た。

「おはよう……」

「……お、おはようございますっ」

条件反射で挨拶を返してはみたが、未だパニック状態なのには変わりなく、弥生は寝ぼけ眼の男の顔を凝視した。

自分とそれほど歳の変わらない感じの若い男だが、顔に見覚えはない。

「あ、あのっ！　わ、私っ……な、なん」

「ああ。なんでここにいるかって？　昨夜、里中さん大変だったんですよ。酩酊《めいてい》状態で」

弥生は男の言葉にはっとした。

「え？　あ、の？　どうして名前……？」

「は？　そこからですか？　俺のことも分かんない感じです？」

なにしろ居酒屋で飲んでいる途中から記憶がないのだ。元々酒に弱いわけではないが、昨夜はあまりにも衝撃的な出来事にショックを受け、許容量以上に飲んだのだと思う。酒で記憶を失くしたなんてことは、弥生にとって人生初めての経験だ。

男がゆっくりと起き上がるのと同時に、半裸が露になった。弥生は弾かれるように短い悲鳴を上げて両手で顔を覆った。

「今更なんですか。手どけて、こっち見て。べつに変なモン見せようっていうんじゃないんで」

男の言葉に弥生は恐る恐る両手を下げると、男が額に掛かった黒髪を手でかき上げて弥生を真っ直ぐ見つめた。

自分と同年代と思われる男。目を見張るようなとびきりのイケメンではないが、全体的なパーツが整っていて一般的にはいい男の部類に入るのではないか。

そこまで考えて、弥生はもう一度男の顔を見つめた。

あれ？　この顔どっかで……。

「日野《ひの》です。まさか知らないとか言わないでくださいよ。予約課の日野です」

「ああ……!!」

弥生は下げた両手を再び頭にあててから「嘘《うそ》ぉ」と呟《つぶや》くと、この世の終わりのような気持ちで項垂れた。

最悪――なにやってんの、私!!

いっそ、見ず知らずの男のほうがどれほど良かったか。一夜の過ちの相手が顔見知り――しかも同じ職場の同僚ってどんな地獄の沙汰よ!?

「やっと認識してもらえましたか」

「……はい。ていうか、なにがどうなって私はここに？」

そう訊ねてからもっとも重要なことを聞き忘れてはいけないと「……あの、私たち」と言いにくそうに切り出すと、日野が弥生の意図を汲《く》むように「ああ。ヤったかってことですか？」と返した。

「ちょっ……言い方！」

確かに弥生が聞きたいのはずばりそれだが、直接的に言われてしまうと身も蓋もない。やったかと言われれば、状況証拠的なものも含め確実にやってしまった気もするのだが、そんな軽率なことをするはずがないと自分を信じたい気持ちもある。ここで「何もなかった」と言われれば、その言葉を信じたいのが本音なのだ。

「どこまで覚えてるんですか、里中さんは」

結婚式場からタクシーで寮近くまで戻って来て――。

「居酒屋に入って飲んだところまで。ちょっと嫌なことがあって、飲まずにいられなくてビール何杯か飲んだのは覚えてる。結構飲んだ……とは思うのよ」

「その後の記憶が一切ない――と」

「はい」

弥生は素直に頷《うなず》いた。

昨夜どこで日野と会ったのか。どうして彼が自分を部屋に連れ帰ったのか。

そもそも日野とは同じ職場でこそあるが、ほとんど接点がない……そこまで考えて、覚醒し始めた頭で別の接点を思い出した。弥生と日野は同じ社員寮の隣人同士だ。

「俺も昨夜、あの居酒屋にいたんですよ。店の隅で管巻いてるだらしない女がいると思ったら里中さんだったんです。閉店間際だったし、店の人も酔いつぶれたあなたを持て余して困ってるみたいだし、正直関わるのは面倒だとは思ったんですけど、隣同士だし送り届けてやるくらいならって親切心出したら――ね？」

日野が一気に経緯を説明してからお手上げだったというように両手を広げ大きく息を吐いた。

「あの、どうやってここまで？」

「タクシー使って、部屋までは背負ってです」

「三階まで⁉」

「そうです」

ああ、と弥生は再び頭を抱えた。

エレベーターなどない古い造りの社員寮。三階まで階段を昇るのはただでさえ難儀なことなのに、人ひとり背負ってなどある意味拷問のようなものだ。

「ほんと、とんだご迷惑を……」

「全くです。やっと辿《たど》り着いたと思ったら里中さん爆睡してて起きないし、とりあえず俺の部屋に」

「――てことはセーフ？」

弥生が少し弾んだ声で言うと、日野が呆《あき》れた表情で弥生を見つめ返した。

「どれだけ自分に都合のいい解釈なんですか。この状況でセーフとかどの口が……」

と言って日野が視線を移した先を辿るように目で追う。

床に脱ぎ捨てられた服。同じベッドで互いに裸で朝まで眠っていたこと。確かに状況的に何もなかったとは言い難い。

「したか、してないかで言えば。しましたよ、俺たち」

日野が恥ずかしげもなくきっぱりと言い切った。

「……だっ、っ？　な、なんでっ⁉」

「里中さんが誘ってきたんです。だいたいいくら酔ってたとしても、したかしてないかくらい自分の身体に訊《き》けばわかるでしょ？」

「わ、私が誘ったって……どういうこと⁉」

「言葉通りの意味ですよ。ていうか、時間大丈夫ですか？　里中さん休みならいいですけど、もし仕事なら――」

その言葉に弥生ははっと日野を見た。部屋を見渡してみたが時計らしきものはなく、自分のスマホが入ったバッグはベッドから離れたところに転がったまま。布団で身体を隠してはいるが何も身に付けていないこの状態では身動きが取れない。

「え、待って。いま何時？」

「九時過ぎてますけど」

「私、仕事だ！　ちょっと向こう向いてて！　急いで服着るから！」

弥生は転がり落ちるようにベッドから飛び出ると、意外にも律儀に弥生に背中を向けてくれていた日野にこちらも背中を向けたまま慌てて衣服を身に着けた。

「あのっ！　とりあえずは、ありがとう！　詳しい話とかお礼とかは、また今度！」

それから慌ただしく床に転がった自分の持ち物をかき集めて玄関に脱ぎ捨てられたヒールを引っ掛けると、そんな弥生の姿を呆れたように眺めていた日野に一礼して部屋を出た。


隣の自分の部屋に戻った弥生は、抱えた荷物を玄関先に放り出して大きく息を吐いた。

「ほんと、なにやってんだか……」

一気に肩の力が抜けたが、これから仕事だと思うと脱力しきってもいられない。弥生はまず顔を洗おうと慌てて洗面所に行き、鏡に映った自身の顔を見て「ああ……もう」と落胆の声を漏らした。

涙の跡でところどころ――どころかその大半がはげ落ちたファンデーション。マスカラは目の周りを縁取るように黒く滲《にじ》み、まるでパンダどころかゾンビの様相。美容院で綺麗《きれい》に整えてもらった髪は乱れてボサボサだった。

「酷い顔……ていうか日野くん、よくこれで私だって分かったな」

あまりの惨状に笑うしかない。

弥生は酷いメイクを念入りに落とし、そのまま服を脱いでシャワーを浴びた。彼氏に別れを切り出されたからといって人生が終わるわけではないし、生活はこれまでと同じように続く。やらなければいけないことは山ほどあるのだ。

メイクをし直して身支度を整えると、再び部屋を出て自転車に飛び乗った。湿気を含んだ生暖かい風が肌を撫《な》でる。すでに気温が高い。今日は暑くなりそうだ。

「おはようございます」

「ああ。おはよう」

顔見知りの社員と挨拶を交わしながら、弥生は職場の駐輪所に自転車を停めて小走りに従業員通用口へと向かった。

弥生の勤務先は市内に古くからあるシティーホテルの一つだ。オリエンタルホテルは総従業員数約三百人。客室二百三十室の宿泊施設に加え、和洋中などのレストランに七つの宴会場、プール、結婚式場などの付属施設が充実している。

ホテル業務は大きく分類して宿泊部、料飲部、営業部、販売促進部、管理部の五つの部署から成り立っている。

入社七年目の弥生が配属されているのは料飲部の洋食レストラン課だ。料飲部の中も、弥生の所属している宴会サービス・料飲サービスという接客に携わる部署と、厨房《ちゅうぼう》内で調理を担当する調理部署に大きく分けられている。

「おはようございます」

弥生が更衣室に入ると、和食レストランのスタッフが着物を着付けているところだった。この時間に顔を合わせるスタッフは大体昼営業に合わせて出勤しているサービススタッフだ。

「おはよう、弥生ちゃん」

声を掛けて来たのは、同期で和食レストラン課所属の河野奈緒《こうのなお》だった。奈緒が弥生の顔を見るなり眉を寄せながら訊ねた。

「え、なにその酷い顔」

昨夜泣き腫らした顔のむくみを目一杯メイクでカバーしてきたつもりだったが、努力は報われなかったようだ。

「昨日の結婚式でボロ泣きでもしたの？」

「……まぁ、そんなとこ」

と誤魔化したのは、他のスタッフもいる中で事情を奈緒に話すわけにもいかないと思ったからだ。

「あのね。今度、聞いて欲しいことがあるの」

弥生が言うと、奈緒が一瞬考えるような表情を浮かべてから目を輝かせた。

「え？　なになに？　もしかして――」

奈緒は何か大きな勘違いをしているかもしれないとも思ったが、訂正の余地はなかった。すでに始業時間が迫っている。

「また時間があるときにゆっくり話すから」

自分のロッカーを開けて弥生も着替えを始めると、近くに来た奈緒がロッカーの扉の鏡越しに弥生を見つめた。

「いい話？」

「だから、今度話すから。ほら、奈緒ちゃん。遅れるよ」

弥生が言うと、奈緒が少し不服そうな顔をしてから、はっと時間を確認して慌ただしく更衣室を出て行った。

襟が立った白いピンタックシャツに黒のベスト、スカートというレストランの制服に着替えて最後に蝶《ちょう》タイを着けた。鎖骨あたりまで伸びた髪を後ろで一つに結んで、扉の鏡に向かってニッと口角を上げて笑顔の練習をしてから前髪を指先で整えた。

「お先です」

まだ着替えをしている他のスタッフに声を掛け、黒のパンプスを履くと弥生は更衣室を後にした。

レストランに最初に出勤した弥生がすることは、当日の予約件数を確認することだ。

「昼の予約は七件か」

予約数はさほどでなくとも、比較的価格帯のリーズナブルなホテルランチは人気が高く、多くの来客が見込める。

たとえプライベートで何が起ころうとも、職場に来てしまえば気持ちも仕事仕様に切り替わる。いかに効率よく仕事ができるかの算段を頭の中でシミュレーションしてみる。

「里中さん、おはようございます」

「おはよう、細田《ほそだ》くん。今日は予約七件ね。窓際から予約分のセットお願い。それから厨房にメニュー確認しておいて」

弥生が指示を出しながら手配書を手渡すと、それを受け取った後輩の細田が「了解っす」と返事をしてレストランに入って行った。

次に欠伸をしながら蝶タイを首にぶら下げ、寝ぐせ頭で顔を出したのは、主任の沢木《さわき》だ。

「おはよー、里中」

「今日、予約何件だっけ」

「昼七件の、夜五件です」

沢木は無言で頷くと、キャッシャーの後ろにある扉を開けてレストランスタッフ専用の事務所に入って行った。

弥生は小さく息を吐きレストランに向かうと「おはようございます」と朝食の片づけをしているパートスタッフに声を掛け、その足で裏の厨房スタッフにも挨拶をした。

これがレストランで働く弥生の一日の始まりだ。

忙しかった昼営業を終え、スタッフ全員そろって従業員食堂へと向かうのはだいたい午後二時半過ぎ。

「腹減ったぁー」と弥生の後ろで声を発したのは後輩の高木《たかぎ》だ。前を歩く弥生たち先輩社員の人数を数えながら食堂のスタッフに声を掛けた。

「レストラン、六名です。お願いします」

人数分の食事を用意してもらうために声を掛けるのは主に入社したばかりの新人スタッフの役目だ。ホテルでは部署によって休憩に入る時間帯もまちまちである。

「はーい、六名分。おまちどおさま」

「ありがとうございます」

高木が味噌汁《みそしる》をテーブルに運ぶ間、弥生がご飯をよそい、細田がお茶を用意するというように皆が手分けをして準備を整える。

「里中、醤油《しょうゆ》取って」

沢木に言われて「はーい」と醤油を手渡す。レストラン課は比較的若い社員が揃っていて仲もいいため、先輩後輩同士の会話の口調も内容もフランクだ。

「あ、そうだ里中。夜の予約の南様、一名甲殻類NGあるからあとで厨房にメニュー確認頼むわ」

「分かりました。あと、沢木さん。明日の昼のプライベートルームの会議の準備って済んでます？」

「いや、まだ」

「じゃあ、あとで準備しておきます」

「おー、悪いな」

仕事の話を交えつつ、雑談をしながらの和気あいあいとした雰囲気の昼食時間はスタッフ同士の息抜きにもなっている。


レストランの夜営業はラストオーダーが九時半、営業は午後十時までとなっている。それから片付け、次の日の朝食の準備などを整え、弥生が寮に戻るのは早くても十時半をまわる。

帰宅後、軽く食事を済ませて風呂に入ってから就寝というのが弥生の日課だ。

「こんな生活続けてたら確実に太るわ……」

仕事を終え部屋に帰り、自室の冷蔵庫を開けながら呟いた。

弥生は健康や経済的な面を考慮し、基本的には自炊を心掛けている。普段は時間もないため、休日に食料をまとめて下処理し、レンジで加熱すれば食べられるように準備しておく。料理は嫌いではないが、自分一人の食事の為だけに余計な手間はかけたくないのが本音だ。

冷蔵庫から取り出した数日前に作ったメニューの残りに少しアレンジを加えてレンジで加熱する。温めた料理を取り出し席に着いたところで、テーブルの上のスマホが小さく震えた。

チカチカとした着信ランプはＳＮＳのメッセージ。画面に表示されたメッセージの送信主を見て弥生は思わず手にしたスマホをテーブルの上に伏せた。

「なんなの」

メッセージは弥生に別れを切り出して来た聡介からのものだった。

内容が気にならなかったと言えば嘘になるが、弥生はメッセージを見る気にはなれなかった。

――そうだった。そもそもの事の発端はこれだったのだ。

昨夜、聡介にあんなことを言われなければ、友人の結婚式の幸せな余韻にだけ浸っていられたのだ。

「そうでも、なかったのかな……」

聡介との関係が順調だと思っていたのは弥生のほうだけだったのかもしれない。

会えないのは仕事のせい――そんなふうに言い聞かせて、少しずつすれ違っていく気持ちに気付かないふりをしていたのかもしれない。

付き合い始めの頃はどんなに忙しくてもお互いに会う努力を欠かさなかったのに、彼のほうも年齢と共に大きな仕事を任されるようになり、弥生も同様に経験を積んで任される仕事が増えていた。

いつの間にか会えないことが当たり前になって、互いの気持ちの質が変わってきていることから目を背けてしまっていたのかもしれない。

——好きだった。大好きだった。

けれど、一度すれ違ってしまった気持ちはきっと元には戻らないのだということは分かる。どんなに彼を好きでも浮気を許すことはできないし、このまま付き合い続けていたとしてもいつか何かの拍子に彼を責めてしまいそうな気がする。

結局、許せないのだ。彼の浮気も、浮気に気付きもしなかった自分自身のことも。

「……っ」

弥生は思わず泣き崩れてしまった。頭では分かっている。泣いたところで何が変わるわけじゃないことくらい。なのに、どうして涙はこれでもかというほど頬を伝っていくのだろうか。


翌日、弥生が出勤して従業員食堂に立ち寄ると、偶然にも日野と鉢合わせた。

「あ、おはよう……」

「おはようございます」

愛想のない挨拶を返した日野は、昨日の朝の彼とは雰囲気が全く違っていた。

少し長めの前髪を額が見えるようすっきりとセットし、清潔感溢《あふ》れる紺色のスーツに身を包んでいる日野が弥生にとっては見慣れた彼の姿だった。

弥生が日野という男に対して把握していることは、半年ほど前にどこか他のホテルから転職してきたということと、彼が同じ社員寮の隣人であるということくらいだった。

弥生のいるレストラン課と彼がいる予約課に接点が全くないわけではない。レストランが受け持つ会場に予約が入ると、データがレストランに送られてくるようになっていて、そのデータ上の不明点について予約のスタッフと電話で話をすることはある。ただ、面と向かって会話する機会は多くはなかった。

「昨日は……どうも」

顔を合わせたのに無視するのもどうかと思い、会話の糸口を見つけようとしてみたが、正直日野とどんな会話をすればいいのか分からない。

「昨日、仕事は間に合いましたか」

「あ、うん。おかげさまで」

そう答えたまでは良かったが、昨日の今日でという気まずさはあり、それ以上の会話は続かない。酔った弥生を連れ帰ってくれたのは事実なのだろうが、その後の行動については信じ難いものがあるし、かといって彼が弥生に嘘をつく理由も見当たらない。

「あの、結局なんで……その、日野くんとそういうことになったのか分からないままなんだけど……」

弥生が小声で訊ねると、日野もそれに合わせるように小声で答えた。

「昨日言ったでしょう。里中さんが俺を誘ったんですって。案外大胆なんで驚きましたよ」

「――嘘だよね？」

「嘘じゃないですよ」

「だって……っ！　私、知らない……いや、日野くんのこと全然知らないってわけじゃないけど。ああ、ややこしいな！　とにかく！　よく知らない人とそういうことできるタイプじゃないの！」

自分で言うのもなんだが、基本的に真面目な性格である。男女の付き合いに関しても同様で、これまでの交際相手ともある程度の段階を踏むまで身体を許すことはなかった。どちらかといえば慎重で身持ちが堅いはずの自分が、酔った勢いでしでかしたなんてこと信じたくはない。

「けど事実ですよ。俺たち、あの夜セッ……」

「わー、わー、わー！　なに言ってんの‼　ここ会社！」

「話を振って来たの、そっちでしょう」

「そ、それは……そうだけどっ！」

その時、食堂のドアがふいに開いて和食厨房のスタッフが入って来た。弥生は慌てて日野のスーツの袖を引っ張り、邪魔にならないよう場所を空けた。

「俺、急ぐんで。もういいですか」

結局、話を中断するしかなくなり、弥生は日野の言葉に小さく頷き返すと、先に出て行った日野を追うように従業員食堂を後にした。

弥生が仕事を終え、寮の部屋に帰ったのは普段通りの時間だった。手を洗いながら、洗面台に置かれたままになっている聡介の歯ブラシを見て急に感傷的な気分になった。

「……こんなものっ！」

弥生は歯ブラシを摑《つか》んで、勢いよくゴミ箱に放り込んだ。そこまで頻繁に彼がこの部屋に出入りしていたわけではないが、三年も付き合っていれば多少私物は増える。弥生はついでに聡介の私物をすべてかき集めてまとめてゴミ箱に突っ込んだ。

そのあと遅い夕食を取って両手を合わせると、隣の部屋から小さな物音が聞こえてきた。これまで接点というものがまるでなかったせいか、日野の存在を意識したことはなかったが、確かに隣にいるんだということを実感する。

隣の窓がそっと開く音がして、日野がバルコニーに出たのが気配で分かった。

弥生が立ち上がって窓を開けると、微かに煙草の煙が部屋に舞い込んだ。

「――へぇ、煙草とか吸うんだ」

部屋から身体半分だけ乗り出して日野に声を掛けると、日野が煙草の煙を吐きながらその火を手にした缶の淵《ふち》で揉《も》み消した。

「ビックリするんで急に話し掛けるのやめてください」

職場にいるときとは違い、前髪を下ろして黒縁の眼鏡を掛けたオフモードの日野が、口で言うほど驚いてはいない様子で答えた。

「ああ、ごめん。ほら、昼間話が途中になっちゃったから……」

「話？　べつに吹聴して回る気はないですよ。こっちも変に噂《うわさ》になるとか……面倒なことは御免なんで」

「じゃあ……忘れてくれるってことでいいの？」

お互いなかったことに、というのなら弥生としてもありがたいし、むしろ願ったり叶《かな》ったりだ。

「それはどうですかね」

「はぁ!?　言ってること違う。変な噂とか嫌なんでしょ？　だったらなかったことにして忘れてよ」

「吹聴はしませんけど、なかったことにする気もないです」

「だから、なんでっ」

弥生が訊ねると「それは――」と日野が含みを持たせた笑顔を見せた。

それこそいつ誰に聞かれるか分からない社員寮のバルコニーでは言いにくいことだと日野に言われ、部屋で話をすることとなった。

さすがに自分の部屋によく知らない男を招き入れるというのは躊躇《ためら》われ、弥生が日野の部屋を訪ねることになった。

玄関を入ってすぐ左右にバス・トイレがあり、奥に小さなダイニングと引き戸を隔てて寝室があるのは、やはり弥生の部屋と同じ間取りだ。

「お邪魔します……」

そう断って奥の部屋に足を踏み入れた瞬間、既視感のある眺めに先日の出来事が夢ではないのだと実感した。

「どうぞ」

ベッドの上に座るよう促されたが、弥生は敢えてベッドから距離を取って床に座った。

あの日の朝は慌てていたこともあり、部屋をじっくり眺めている余裕などなかったが、日野の部屋は男性の部屋にしては比較的綺麗に片づけられている。置いてあるインテリアもシンプルなデザインのものが多く、全体がモノトーンで纏《まと》められセンスの良さを感じる。

日野がグラスに入ったお茶をテーブルに置いた。

「なにか、気になりましたか」

「え、あ。いや……綺麗にしてるんだなぁって」

口に出してからはっとした。そんなこと、感心してる場合じゃない！

「――で？　さっきの話の続き！」

弥生が促すと日野が「ああ」と短い相槌《あいづち》を打って弥生の向かいに座った。

彼の部屋に遊びに来たわけではない。話をしに来たのだ。

正直何がどうなって日野と関係をもつことになったのか、知りたいことは山ほどあったが、今更あの夜をやり直せるわけでもなければ、取り消せるわけでもない。弥生はある種の覚悟を決めて床に座り直すと、真っ直ぐに日野を見据えた。

「あの日、どういう経緯であなたと私が、その――そういう関係になったのかとか、正直気にならないって言ったら嘘だけど。聞いたところで今更どうこうなるわけじゃないからもう忘れようと思う」

弥生の言葉に日野が意外そうな表情を返した。

確かに関係のあったなしは大きな問題だし、相手が同僚だという事実にも問題があるが、彼がこのことを口外するつもりがないのなら、事故だと思って忘れるくらいこの歳になれば訳はない。

「でもね！　日野くんに迷惑掛けたのは事実だし……ほら、実際居酒屋からここまで運んでもらったりしたわけでしょう？　それに関しては悪いと思ってるし、なにかお詫《わ》びできたらって気持ちはあるの、これでも」

そういう意味でも弥生は日野と一度きちんと話がしたいと思っていたのだ。

こちらも多少の痛手は負ったが、それとこれはまた別物。作った借りはできるだけ早めに返しておきたい。

「なにがいい？　食事とか？　欲しいものとか……あ、でも！　あんまり高額なのはさすがに無理かも。差し当たってして欲しいこととかでもいいし」

弥生の言葉を黙って聞いていた日野が、何か思いついたかのように顔を上げた。

「なんでも、いいんですか」

「いいよ。私にできることなら！」

少し声を弾ませたのは、日野に借りを返せなくなるよりは、何かしら要望があるほうがありがたいと思ったからだ。

「本当にどんなことでもいいんですか」

改めて念を押され、一体何を言われるんだろうと怯《ひる》んだものの、弥生は覚悟を決めて「いいよ」と返事をした。

日野とは特に親しいわけではないし、そんな間柄の自分にあまりにも無茶な要求をするはずもないと踏んだからだ。

「俺、確かめたいことがあるんですよ」

「――確かめたいこと？」

そう訊ねると、日野が真面目な顔つきで弥生を真っ直ぐ見つめて言った。

「もう一度、里中さんを抱かせてくれませんか」

日野の発した言葉の意味がすぐに理解できずに、弥生はただ目を瞬かせながら固まった。

「――は⁉」

いま、なんて？　抱かせて⁉　いやいやいやいや、ないわ……聞き間違いに決まってる。

弥生は少し顔を引きつらせながらも改めて彼に訊ねた。

「あのごめん……日野くん。もう一回言ってくれるかな……？」

「抱かせて欲しいんです。里中さんを」

耳がおかしくなったのかと思ったが、やはり同じことを言われたような気がする。

「あの――聞き間違いだったら本当に申し訳ないんだけど」

そう前置きをして「いま……抱かせて、って言った？」と小声で訊ねると、日野が真面目な顔のまま「はい」と返事をした。

「……えっと、ちょっと待ってね。私の情報処理能力が追い付かないっていうか。聞き間違いかなぁと思ったんだけど、そうでもなかったりする？」

「聞き間違いじゃないです。確かに、言いました」

悪びれるような素振りも動揺した様子もなく答える日野に、弥生のほうが却って慌ててしまって「待って！　どういうこと⁉」と思わず大声を出した。

「言葉通りの意味です」

「言葉通りって？　そ、そ、その……つまりセックスしたいって意味？」

「まぁ、正確には段階踏んで試してみたいといいますか」

段階踏むってなに⁉　試すって⁉　弥生の頭の中は疑問符だらけになってしまった。

「ごめん、意味分かんない……」

「まぁ、そうですよね。でも里中さんなんでもいいって言いましたよね」

「確かに言ったけど……！」

なんでもいいとは言ったが、こんなとんでもない言葉が返って来ることなど誰が予想できただろうか。

日野が尚も弥生を見て、何か言いたげにしている。

「いや……無理、無理、無理よ⁉　だって意味分からないもん」

「まぁ、里中さんからしたら意味が分からないかもしれないですけど、俺にとってはある意味死活問題なんですよ」

「なに言ってんの？　そんなことできるわけないでしょう！」

弥生は思わずテーブルを叩《たた》き、立ち上がっていた。

迷惑を掛けたお詫びに何かできればと思って言い出したことだったが、あまりに無茶苦茶な彼の要求に、弥生は少しでも彼に申し訳なかったなどと思った自分を悔いた。

随分と安くみられたものだ。酒の失敗とはいえ、肉体関係になってしまったことは認めざるを得ない。だからと言って、これ以上自分を安売りするつもりはない。

「もういい。あの日、迷惑掛けたのは謝る。けど、謝罪だけにする。お詫びに——なんて思った私が馬鹿だった！」

弥生は日野の出してくれたお茶を一気に飲み干し、音を立ててグラスをテーブルに置くと玄関のドアに手を掛けた。

「里中さん！」

追い掛けて来た日野が、慌てて弥生がドアに掛けた手を上から抑え込んで鍵を掛けた。迂闊《うかつ》だったと思った。同僚とはいえ、相手は結局よく知らない男なのだ。

「——大声出すよ？」

弥生は日野を牽制《けんせい》するように低い声で言った。

ここは職場の社員寮だ。弥生が大声を出せば、何事かと駆けつけてくれる同僚の一人や二人はいるはずだ。

「それは勘弁して欲しいです。俺だっておかしなことを言ってる自覚はあるんです。けど、どうしても確かめたい。だから話だけでも聞いてください」

妙に切迫したような日野の声に、一瞬、弥生の心が揺らぐ。次の瞬間、日野が声色を低く変えて言った。

「断れないようにしてもいいんですよ？」

低く冷ややかな声だった。

「なによ、それ……どういう」

弥生が言うと、日野がドアに弥生の身体を押し付け、その上から自分の身体を密着させ弥生の動きを阻んだ。

「とりあえず、話を聞いてくれたらこれ以上なにもしません」

本気で大声を上げてやろうかと思ったが、話を聞けば何もしないと彼は言っている。

確かに動きは阻まれているが、彼が力を加減してくれているのも分かる。

「分かった……だから、離して」

弥生が答えると、日野がそっと身体を離し「脅すような真似してすいません」と言葉通り弥生から距離を取った。

2　眠れぬ隣人、藁をも摑む

翌日何事もなかったように職場に向かった弥生は、更衣室で出勤時間が重なる顔見知りのスタッフたちと挨拶を交わし、軽い雑談をしながら身支度を整えてレストランに向かった。

途中でフロント裏の事務所に寄り、各部署宛てのレターボックスからレストラン宛ての回覧の書類を回収してティールームの前を通り、すでにそこで仕事をしている後輩に挨拶代わりに小さく手を振った。

フロント横にあるティールームもレストラン課の管轄で、その当番はシフトの交代制だ。四人掛けのテーブルが十席の小さなティールーム。基本的には一人体制で仕事をし、混雑時のみレストランからヘルプに入るようになっている。

レストラン事務所のドアを叩《たた》き、回覧の書類を課長のデスクに置いたあと、今日の予約状況のデータをプリントアウトした。データを確認していると予約担当者欄に日野の名前が数多くあるのが目に留まった。

「日野——下の名前、朝陽《あさひ》っていうんだ」

それから弥生はレストランに向かい、いつものように朝食スタッフに挨拶をしたあと、厨房《ちゅうぼう》主任にメニューの確認の声掛けをした。

「おはようございます。今日のポワソンとスープはなんですか？」

「魚は鱸《すずき》。今朝、いいのが入ったんだよ。スープ、昼はビシソワーズでいく」

「了解しました」

コース料理やアラカルトなど決まったメニューはあるが、スープや鮮魚などは日によって使う食材が変わるためその確認は欠かせない。

「おはようございます」

そうしている間に後輩たちが出勤してきた。高木と鈴木はこの春入社し、二カ月あまりの研修期間を終えて今月からレストランに配属されたばかり。細田は二年目だ。

その日の昼の営業は忙しかった。元々普段より多い予約が入っていたところに宴会場で会議があり、会議を終えた客がレストランに大勢流れて来たために、あっという間に満席になった。

新人たちに予約席の担当を任せ、その他の席を弥生と細田で回していたが、次々と入って来る客に新人たちが混乱をきたしているのが表情から見て取れた。

彼らは正式にレストランに配属されてまだ二週間程度。多少は仕事に慣れてきたとはいえ、急に忙しくなったときの咄嗟《とっさ》の対応力というものが未熟だ。こうした状況で戸惑いを覚えるのは当然のことだ。

弥生自身も新人の頃に通った道だ。後輩たちに何をしてやればいいか、弥生は経験上それを分かっている。

「高木くん、落ち着いて。四番と七番と九番のメイン頼んできて。厨房が料理用意できるまでにスープ皿下げて。私も手伝うから三テーブル一気にメイン出すよ」

焦りが出て判断能力が低下している後輩に指示を出し、フロアが円滑に回るよう努めるのは経験豊富なベテランの仕事だ。

「遅くなった。里中、サンキューな。この人数じゃかなりバタバタしたろ？」

遅番で出勤してきた主任の沢木もすぐに状況を把握して指示を出す。弥生自身も入社七年目のベテランであるが、自分より経験が長く的確な指揮の取れる沢木がその場にいてくれるだけで心強い。

「疲れた……」

この日は夜営業も忙しく、仕事を終え、寮に帰ったのは午後十一時近かった。

真っ先にシャワーを浴び、冷蔵庫の残りもので遅い夕食を取っていると、テーブルの上のスマホがSNSのメッセージを受信した。こんな時間に誰だろうと弥生がスマホに手を伸ばすと、画面に聡介からのメッセージが表示されていた。

【この間は電話でごめん。一度会って話せないか？】

なにを今更――？　一方的に別れを切り出して来たのは聡介のほうだ。

弥生はメッセージを読むなりスマホをベッドの上に放り投げた。

浮気をして、相手との間に子供まで作っておいて。今更どんなことを話すというのだろう。

食事を終えたテーブルの上を片付けていると、今度はベッドの上に放り投げたままのスマホが鳴り出した。

「なんなの……もう」

弥生はその電話には出なかった。

今更と思っていても、心がざわめかないわけじゃない。

聡介とは三年もの間付き合っていたのだ。将来のことを考えるくらいには彼が好きだったし、真剣だった。だからこそ些細《ささい》なことに胸がざわつく。

——出たらだめだ。もう、終わりにするんだから。

しばらくの間鳴り続けて、やがて止んだ着信音にほっとして弥生は小さく息を吐いた。

それからスマホを手にし、改めて聡介の連絡先を表示して削除ボタンを押した。

《このアドレスを本当に消去しますか？》

画面に表示されたメッセージに、大きく頷《うなず》くと渾身《こんしん》の力を込めてスマホの画面をタップした。

彼と話したところで、結果は変わらない。弥生がこの胸の痛みから解放されるには、彼を忘れるしか方法がないのだ。

＊　＊　＊

梅雨明け間近の七月上旬。今年はさほど雨が多くない空梅雨であったが、久しぶりにまとまった雨が朝から降り続いていた。そんな天気のせいか今日はレストランの客足も少ない。

「はぁ……」

フロアを後輩たちに任せ、キャッシャーのところで客待ちをしていると、偶然そこを通り掛かったブライダル課の有賀《ありが》が弥生の溜息《ためいき》を聞いて小さく笑った。

「はは。随分盛大な溜息だね」

有賀の言葉に、弥生は慌てて姿勢を正し「お疲れ様です」と挨拶をした。

「大きな溜息ついてると幸せが逃げちゃうよ」

いいんです。とっくに逃げてます。と弥生は心の中で呟《つぶや》いて有賀に曖昧な笑顔を返した。

「あ、今日は小野田《おのだ》課長って……」

「今日は夕方出勤なんです。四時以降なら出勤してると思いますが」

弥生が答えると、有賀が頭を掻《か》きながら「じゃあ、また出直すか」と弥生に向かってはにかんだ。

ブライダル課の有賀吉紀《よしき》は、つい一か月ほど前にどこかの結婚式場から引き抜かれてこのオリエンタルホテルにやって来たらしい。

来てまだ日も浅いため、彼のプライベートは実のところあまり知られていない。

爽やかで甘いルックスと、スラリとしたスタイルの良さに加え、早々にブライダル課の課長を任されていることで社内の女性スタッフの注目を集めている。

年齢は定かではないがたぶん三十代半ば。物腰も柔らかく、女性スタッフに対する振る舞いも極めて紳士的でスマートだ。そんな彼が若い女性社員のハートを摑《つか》まないはずがない。

「なにかあったの？」

「え？」

「さっきの溜息」

「いえ。たいしたことじゃ……課長になにか御用でしたか？　私でよければ伝えておきましょうか？」

弥生が訊《たず》ねると、彼がああ、と微笑んだ。

笑うと目尻に深い皺《しわ》が寄る。優し気な笑顔が弥生の目にも眩《まぶ》しく映った。有賀とまともに話すのは弥生も初めてのことだったが、女性社員たちがザワつくわけだと納得した。

「レストランの昼営業って何時までだったかな？　午後、ちょっと下見に入らせてもらいたいんだけど」

「ブライダルのお客様ですか？」

「うん。パンフレットでレストランウェディングの写真を見て随分と気に入ってくれたお客さんがいてね。実際に会場を見てみたいっていうもんだから」

「そうなんですか⁉　営業は二時までですが、片付けや夜のセッティング済ませてお客様をお通しできるのは三時過ぎになります。もし、お客様のご都合が合わないようでしたら営業中に見ていただいても問題ありません。ただ、ウェディングのときとはセットも違うので、少し雰囲気は伝わりづらいかもしれませんが……」

　もし実際にレストランウェディングの契約が取れればレストランの大きな売り上げとなる。婚礼関連の収入は会場費から料理・ドリンクなど合わせれば一番大きな収入源だ。

「それは助かるな。ちょうど三時過ぎに来館予定なんだ」

「じゃあ、お客様に少しでも雰囲気摑んでいただけるよう、セッティングしておきますね」

「ああ、頼むよ。もし迷惑じゃなければ……立ち会いもお願いできないかな。僕はまだここに来て日も浅いし、会場のことを一番分かってるスタッフにその場にいてもらえるといろいろと助かるんだけど」

「もちろんです。私でお役に立てれば！」

「本当？　ありがとう。それじゃ、三時過ぎにお客様をお連れするよ」

　そう言うと、有賀はまたとびきり爽やかな笑顔を残して去って行った。弥生はそんな彼の後ろ姿を見送って小さくガッツポーズをした。自分の頑張り次第で、ウェディングの契約に繋《つな》がるかもしれないと思うと気持ちも高揚する。

「確かにカッコイイな……」

ルックスだけでなく、醸し出す雰囲気も魅力的だ。

最近のいい男はなんでも持っている。容姿が魅力的なだけでなく、仕事もできて性格も良くて――天は二物を与えずなんて諺《ことわざ》は、嘘《うそ》だ。

「あるとこにはあるんだな……スペックって」

自分にも一つくらい自慢できるスペックが欲しい、と弥生は思った。


「――え？　弥生ちゃんはあるじゃない、スペック」

ラウンジ番の仕事を終え、着替えに寄った更衣室で偶然一緒になった奈緒に言われた。

ロビー横にあるラウンジは営業時間がレストランより短いため、午後八時には仕事を終える。

「弥生ちゃん、美人だし仕事できるし、料理も上手いし！」

奈緒の言葉に弥生はストッキングを脱ぎながら顔をしかめた。

「美人なんて言われたことないよ。料理だって好きでやってるだけで上手いとは言い難いし」

仕事はもちろん精一杯やっているが、経験が物を言っているだけだ。どんな仕事も経験を積んで慣れれば、そのぶん要領よく動けるようになる。

弥生の言葉に奈緒が大きな目をさらに大きく見開いたのだが、弥生からすれば彼女のほうが可愛らしくて羨ましい。着慣れた仕事着である着物の帯を解きながら奈緒が少し不服そうに頬を膨らませた。

「えー？　弥生ちゃん、私的にはお嫁にしたいレベルなんだけど」

「お婿にしたいの間違いじゃなくて？」

「あ、それも素敵かも！　弥生ちゃん、性格男前だもん」

「嬉《うれ》しくないから、それ」

――男前、か。

学生時代、中学高校とバスケ部のキャプテンをしていて、後輩たちに同じように言われ慕われていたことを思い出した。当時は髪も短くて体つきも細くて凹凸が少なく、本当に少年のようだった。

男前と言われることが嫌なわけではないが、女として褒められている気分にはならないのが複雑なところだ。

「ねぇ、弥生ちゃん。結局、聡介さんとは？」

聡介と破局したことは、最近奈緒にも話したばかりだ。

付き合い始めの頃、奈緒にせがまれて何度か三人で食事に行ったことがあり、彼女にとっても面識のある相手だったためか今回の件に随分とショックを受けていた。

「この間話した通りだよ」

すぐに綺麗《きれい》さっぱり忘れられるかと言われたら、それはやはり難しいのかもしれないが、いつまでも過ぎたことを引き摺っていられるほど若くもない。

先日の結婚式も然り、周りの友人たちの結婚報告に触発され、嫌でも将来を考えざるを得ない三十路手前。結婚に対して焦りがあるわけではないが、いずれ考えているのであればそのための準備を整えなければならない年齢に差し掛かっているのだということは理解している。

「気持ち切り替えなきゃね！」

「そう！　それがいいよ、弥生ちゃん！　新しい恋をするのもいいかもね。誰か紹介しようか？」

「いや――それは、まだいいや」

「えー？　どうして？　恋の傷を癒すには新しい恋って言うじゃない」

「まぁ、一理あるとは思うけど……」

奈緒の言葉も尤《もっと》もだが、物事はそんなに簡単にはいかないものだ。

「でも！　新しい人と仲良くなってみるのはいいかもね？　人脈を広げるっていうの？」

「人脈？」

「今度、内勤の若手の子たちと飲みに行くって話出てるんだけど、よかったら弥生ちゃんも来ない？　最近、事務所の子たちと『部署違うとほとんど交流ないよねー』なんて話してて。たまには部署違う子たちと交流できたらいいねって話になったの」

「へぇ、それは面白そう」

確かにフロント裏の事務所に籠って仕事をしている内勤のスタッフと料飲部など現場のスタッフでは出勤時間も違えば、拘束時間も公休日も異なる。

同じ職場で仕事をしているとはいえ、スタッフ同士が集まることなどなかなか難しいのが現状だ。

「予定が合ったら参加させてもらおうかな。私も事務所の子たちと話してみたい」

「そう来なくちゃ！」

先日酒で大きな失敗をしている手前、お酒は控える必要がありそうだが、普段交流の少ない同僚たちと話をすることが、気晴らしになるかもしれない。

着替えを終えて奈緒と共に従業員用の通用口を出た。

朝から雨が降り続き、今も小雨が降っている。

普段は自転車通勤の弥生も雨の日は徒歩での通勤だ。職場から寮まではゆっくり歩いても二十分程度。小雨の中傘を差しプラタナスの街路樹が続く遊歩道を歩いて行く。

「さっき聞きそびれちゃったんだけど……別れてからも聡介さんから何度か連絡あったって言ってたじゃない？　その後どうなったの？」

奈緒に訊《き》かれて弥生は小さく息を吐いた。

「うん……実はいまだに連絡あるんだよね」

彼の連絡先は消去した。それでも三年も付き合った元カレの携帯番号くらい発信通知を見れば一瞬で分かってしまう。

「別れるって言ったのは向こうなんでしょう？　なのに連絡寄こすって意味分かんない」

そう言って口を尖《とが》らせた奈緒に、弥生も小さく頷いた。

「本当。だから無視してる」

「ねえ、弥生ちゃん。それだけで済んだらいいんだけど……そのうち聡介さん、寮に押し掛けて来たりしないよね？」

「え？」

「だって！　弥生ちゃんに未練があって連絡してきてるんだとしたら、弥生ちゃんがこのまま電話に出ないと最終手段で会いに来るってこともありえるよ？」

「やだ、それ困る……」

電話ならばいくらでも避けることができるが、寮まで押し掛けられては逃げようがない。

彼のほうに何か事情があるのだとしても、弥生にはもう彼と話をしようという気持ちはない。だから、このまま会わないほうがいいのだと思う。

「それじゃ、弥生ちゃん。おやすみ」

「うん。おやすみ」

片道二十分の道のりなど女同士のお喋《しゃべ》りを以てすればあっという間だ。この先の角を曲がったところにも社員寮があり、奈緒はそこに住んでいる。

弥生は奈緒が角を曲がるまで寮の前で見送った。

三階までの階段を昇り切ったところで、見覚えのある後ろ姿を見つけた。

整えられていないボサボサの髪に動きやすさを重視したラフな服装。どこかから帰ったばかりなのだろう、ドアに鍵を差し込んでいる日野の後ろ姿だった。

弥生の足音に気付いた日野がゆっくりとこちらを振り返った。

「お疲れ様」

「ああ、お疲れ様です。いま帰りですか？」

掛けている黒縁の眼鏡の縁を指で押さえながら訊ねた。

「うん。今日はラウンジ番だったからこれでも普段より早いの」

「……大変っすね、遅くまで」

「まぁ、慣れてるからね」

そう答えながら、弥生は不思議な気持ちになった。

ずっと隣同士であったはずなのに、こんなふうに偶然会うこともなければ、言葉を交わすこともなかった。

あの夜、日野に連れ帰ってもらったという接点ができただけで——と、何気なく日野の顔を覗《のぞ》き込んで弥生ははっとした。

「どうしたの？　日野くん、顔色悪いよ」

弥生が訊ねると、日野が少し気怠そうに弥生を見た。

「この間話したでしょう。眠れないんですよ」

「……ああ、それ」

この間とは、日野に話だけでも聞いてくれと言われた夜のことだ。

なんでも日野は、何年かまえから不眠に悩まされているという。原因は彼に思い当たることがあるようだったが、それについては話したがらず、弥生も深く追求しないまま経緯だけを聞くことになった。

不眠に悩まされ続けている彼が、弥生と関係を持ったあの夜だけ信じられないほどよく眠れたという。それが、日野が弥生に「もう一度抱かせてくれ」などと突飛なことを言い出した理由だったのだ。

正直日野の言うことが本当なのかと疑わしく思っていたが、彼の手元には最近処方されたばかりの睡眠導入作用のある薬と通院歴があったのを確認している。

彼の話が事実なのだとしても、その言葉を鵜《う》呑《の》みにするほどお人よしではない弥生は、当然、彼の要望を突っ跳ねたのだ。

「里中さん……どうしてもダメですか？」

日野が弥生に向き直りながら訊ねた。

「そのことなんだけど……ただの偶然なんじゃない？　あの日は日野くん自身もたまたま疲れてて、私の存在に関係なくよく眠れたとか……」

話を聞く限り、あの夜は日野自身もある程度お酒が入っていたようだったし、何らかの理由で偶然眠れたという可能性のほうが高い気がする。

「それも含めて確かめたいんです。ただの偶然なのか、そうじゃないのか」

こんな時、一体どう答えるのが正解なのだろう。

見るからに顔色も悪く、切羽詰まったような日野の表情を見ていると、できることなら協力してやりたいとも思うが、事が事だけに安請け合いもできない。

「どうしても、ダメですか？」

「ダメに決まってるでしょう、普通に考えて。おかしいよ、私たち付き合ってるわけでもなければ、好き同士でもないいんだし」

弥生が答えると、日野が弥生の腕を摑んで身体を寄せながら低い声で言った。

「――まえに言いましたよね。断れないようにしてもいいんだって」

聞き方によっては脅しにも聞こえるニュアンスの言葉に、弥生は驚いて顔を上げた。

「どういう意味？」

「言葉のままの意味です」

そう言った日野がポケットの中からスマホを取り出し、指で軽く操作して出て来た動画らしきものの停止画面を弥生に見せた。

「なによ、これ……」

「なに、ってあの夜の里中さんの動画ですよ」

「は!?」

慌てて日野の手を摑んでスマホを手元に寄せると、確かにあの結婚式の日の自分が画面に映っている。

「な、な、な、なんで⁉　なにしてんの？」

「里中さんの酔い方があまりに酷いんで、仕方なくとはいえ部屋に連れ帰った手前、あらぬ疑い掛けられてもと思って。こっちはなにもしてない証拠として録画しておいたんですよ。おかげで面白いもの撮れましたけど」

日野が弥生を見てニヤリと笑った。

「なんなら動画見てみます？　ホント酷いんで里中さん結構ショック受けるかも」

——最悪だ！

あの夜の出来事も彼の記憶もまるごと抹消したいくらいなのに、まさか動画に撮られていたなんて。

「……いい」

怖いもの見たさはあるが、実際に動かぬ証拠である動画を見てしまったら本気で立ち直れない気がする。

「それ、どうする気？」

「どうしますかね？　職場のＰＣに匿名で流すとか？　ＳＮＳにあげたりするのも面白いかもしれませんね」

「そ、そんなことされたら生きていけない……」

身から出た錆《さび》とはいえ、実際にそんなことをされたらたまったものではない。

日野のスマホを奪い取ろうと彼に摑みかかったが、彼は弥生をあっさりとかわして余裕の表情で微笑んだ。

「俺も、そんなことはしたくない。里中さんが俺の要求をのんでくれるなら――ね？　分かるでしょう」

職場での日野の印象は物静かな青年という感じだった。

どちらかといえば目立つタイプではなく、真面目で淡々としている――そんな彼に人を脅してまで要求を通そうとする腹黒な一面があったとは。

「日野くん、やり方汚くない？」

「そうですか？　取引ですよ。俺も必死なんです」

日野がさっきまでの余裕な表情を消して、弥生を真っ直ぐ見つめて言った。

確かに彼の表情には必死さが窺《うかが》える。

「……分かった。その代わり、回数決めてよ。いつまでも際限なくじゃ、割に合わない」

日野の脅しがどこまで本気なのか分からないが、ここまでして弥生に要求を突き付けてくるということは、彼自身も藁《わら》にも縋《すが》る思いなのかもしれない。

日野の不眠の症状も程度もよく分からないが、不眠が彼の健康に大きな支障をきたすことくらいは弥生にも想像ができる。

「いいんですか？」

「その代わり、こっちからも条件。さっきの動画は消して」

弥生の言葉に日野が頷いた。

「じゃあ、五回でどうです？　回数消化したら、俺のスマホ渡すんで、里中さん自身が動画を消してください。大丈夫、卑怯《ひきょう》なことはしません」

思いきり卑怯な手口で脅しておいて、どの口が！　と思ったが、弥生は喉から出掛かった言葉を飲み込んだ。

「――で、早速ですが。今夜お願いできますか」

「は⁉　今夜……って今からってこと⁉」

「ここ数日、薬もあまり効かなくて、さすがに限界で……」

よく見れば彼の目の下には酷い隈《くま》があり、見た目にも随分と疲弊した様子に同情心が湧き上がる。

――私もバカだな。脅されてる相手に同情するとか。

「時間は里中さんに任せます。とりあえず俺の部屋でいいですか？　今夜はただ傍で寝てくれるだけでいいです」

「寝る、って？」

「言葉通りの意味です。つまり同じベッドで寝てくれるだけで。セックスなしでって意味です。まずは、里中さんの存在自体が必要なのかどうか確かめる必要があるんで」

日野の言葉に弥生はどこかほっとした。確かに以前、段階を踏んで確かめたいと言われていたことを思い出した。

何がどうなって彼と関係を持ったのか、自分の存在が彼の睡眠にどう作用したのか。単なる偶然だったのか、そうでないのか。弥生自身も結果に興味があるし、その結果次第では彼の要求が今夜限りで終了ということも考えられる。

「……分かった。適当な時間にそっち行くから」

弥生が答えると、日野が少し驚いたような顔をした。

「はは。急に男前ですね」

「だってやるしかないんでしょ。だったらさっさと終わらせて解放されたいの！」

ただの偶然ならいいと思っている。そうすれば、彼に二度とこんなおかしな要求をされることもなくなるのだから。


遅い夕食を取り、寝るだけの身支度を整えて弥生が日野の部屋を訪れたのは午後十時過ぎだった。

添い寝だけと言われて随分と気持ちは楽になったが、いざ彼の部屋に足を踏み入れてみるとやはり妙な緊張感が湧く。日野に促されて部屋に入ったものの、やはり居場所に困ってベッドから離れた床にちょこんと正座した。

「風呂、入ったばっかりですか？」

「え？」

「や。いい匂いするんで」

「あ――う、ん」

彼とどうこうとか考えているわけではないが、同じベッドに寝るということは当然ある程度の密着した状況も想定できるわけで、それなりの清潔感は保っておきたいのが乙女心というもの。パジャマ代わりの部屋着も比較的新しいものを着て来たあたり、変な見栄を張っているようで恥ずかしい。

——違うから！　最低限のマナーよ、マナー！　清潔感大事、お互いに！

落ち着かない気持ちのままそわそわしていると、日野は弥生の様子など全く気にする様子はなく、キッチンで片付けをしている。

いやいやいや。なんで、そんな普通？　変に意識してんの、私だけ⁉

「里中さん、なにか飲みます？」

「……いい。喉渇いてない」

弥生が答えると、日野が冷蔵庫を閉じて水の入ったペットボトルを持ってこちらにやって来た。

「そこ、足痛くないすか？　しかも正座って。ベッド座っていいですよ」

「大丈夫」

弥生が断ると、日野が自らベッドに座り軽くベッドを叩きながら弥生を隣に促した。

「もしかして、緊張してます？」

「するでしょ普通！　日野くんこそどうしてそんなに普通なの⁉　こういうの慣れてんの？」

「いや、慣れてないですよ。ただ……」

「ただ?」

「里中さんは覚えてないって言いましたけど、俺は全部覚えてますからね。あの夜のこと。職場ではキリッとした感じの里中さんが、酔うとあんなになるなんて……衝撃でしたよ、正直。本当は結構泣き虫で甘えたで――そのうえ大胆でエロいとか」

「え、エロ……!?」

エロいってなに!? 私、一体どんなことしたの!!

日野の言葉に、弥生は小さく呻《うめ》きながら頭を抱えた。

「もうやだ。二度とお酒飲まない……」

「はは、そこまでしなくても。酔った里中さん、面白いのに」

「私は面白くない! ていうか、日野くんだって仕事中と随分キャラ違うじゃない」

「仕事とプライベートの顔は使い分けてるんで」

ニッと悪戯好きの少年のような笑顔を見せた日野に、確かに使い分けられてるなと納得した。

ほとんど話したことがなかったというのもあるが、職場で見る物静かな青年という印象とは異なる。営業用の貼り付けられた笑顔ではなく、プライベートの彼は意地悪だったり少年のようだったり、思っていたよりずっと表情が豊かだ。

他愛のない会話をしていると、ふいに外でインターホンが鳴った。コンコンと拳で小さくドアを叩き「弥生？」と呼び掛けている男の低い声には聞き覚えがある。

「里中さんの部屋ですよね……？　出なくていいんですか」

「いいの。誰かは分かってるんだ」

「もしかして、元カレですか？」

そう訊ねた日野に弥生は「どうしてそれ」と驚いて顔を上げた。

「あの夜、散々この部屋で管巻いてましたからね。なにがあったか延々と聞かされましたから大体のことは分かってます」

知らない相手に恋人とのことを洗いざらいぶちまけるとか、バカなの私は！　あの夜の自分を本気で呪いたくなった。

「別れようって言ったのは彼なのに、未だに時々連絡が来るの」

「むこうは、まだ未練があるとか？」

「分からない。でも、もう終わったことだもん」

聡介にどんな言い分があろうと、彼が弥生を裏切っていたことに変わりはない。

しばらくの間、聡介は弥生の部屋の前にいたようだった。やがて小さな靴音が遠ざかって行くのを待って弥生はほっと胸を撫《な》で下ろした。

「元カレさんもいなくなったようですし、そろそろいいですか？」

「え？」

「本来の目的忘れてませんよね？」

「ああ、そっか」

遊びに来たわけじゃなかった。日野の要求に応えるために弥生はここに来たのだ。

「里中さん。寝る場所、奥と手前どっちがいいですか？　好きなほうどうぞ」

「じゃあ、手前で……」

弥生が答えると、ベッドの淵に座っていた日野が奥へと移動し、手前の場所を空けた。

——ここに寝るのか。しかも二人で。

恋人同士ならさほど苦でもないだろうが、甘い関係とはほど遠い男女が寝るとなると想像以上の狭さに抵抗感が湧き上がる。日野のベッドがセミダブルだったのがまだ救いだった。日野が先に横になり、布団を掛けながら言った。

「狭くてすいません。寝相は悪くないと思うんで。エアコンとか電気とか、里中さんの好きにしてください」

「……うん」

そう返事をして、電気を消して日野の隣に横になった。

ああ、なんでこんなことに——とは思ったが、自分が覚悟を決めて引き受けたことだ。

「おやすみなさい」

そう言った日野が先に目を閉じた。

本当に隣で寝るだけでいいんだ、と安堵《あんど》しながら弥生も静かに目を閉じてはみたが、体温が感じられるほどの距離に恋人でもない男が寝ているというありえない状況に神経が高ぶってしまい到底眠れそうにない。

——どうして、この男は平然としてんのよ！

変に意識しているのは自分だけで、日野のほうは全く動揺した様子を見せないことに妙な腹立たしさが湧き上がる。

ベッドの足元にあるチェストの上にはこの間と同じように薬の袋があり、寝る前に日野が薬を服用しているのを弥生も見ている。不眠に悩まされているという彼の言葉は決して嘘ではないのだろう。

一体、なにが原因なんだろう——？

彼自身の問題をあれこれ考えても仕方ない、と眠ることに集中するため再び目を閉じると、日野が寝返りを打ってこちらを向いたかと思うと、腕を伸ばして弥生を布団の上から包み込んだ。

「……ちょ、日野く」

無意識なのだろうか。耳元で彼の寝息が聞こえる。

「もう寝てる……？」

不眠なんてやっぱり嘘なんじゃないかと思ったが、それ以上動くこともなく眠っている彼を起こすのも気の毒な気がして弥生は静かに目を閉じた。

耳元に掛かる彼の息づかいや、伝わる温もりを意識しなかったかといえばそれは嘘だ。

ただそうしているうちに、なんとなく彼と身体を重ねたことは事実なんだろうなという不思議な感覚が弥生を包み込んだ。

行為を覚えているわけではないが、身体が感覚的に彼の温もりを覚えているような。日野の気配にドキドキとしたのは最初のうちだけだった。落ち着かない感覚が次第に心地よさに変わり、いつの間にか弥生は深い眠りについていた。


翌朝目覚めるとベッドに日野の姿はなく、リビングのテーブルの上に小さなメモ書きと部屋の鍵、皿の上に小さなおにぎりが二つ残されていた。

【鍵は掛けたらポストの中へ。余り飯で作ったおにぎり、よかったらどうぞ】

用件のみ書かれた短いメモを確認し、ラップに包んだおにぎりをありがたく頂戴して皿を片付けると彼の部屋を出た。

午前九時。どの部署の出勤時間からも少しずれているが、日野の部屋を出る際には、周囲に厳重な注意を払った。借り上げの社員寮だが、全体の三割程度一般の住人もいる。職場の人間が多く住む社員寮では、誰に目撃され、誤解を生むとも限らない。

自分の部屋に戻って洗面所で顔を洗い、日野の作ってくれたおにぎりを食べながら呟いた。

「……信じられないくらいよく眠れたんだけど」

本来他人と同じベッドで眠るのが得意でない弥生は、恋人と眠るとき夜中に何度か目を覚ますことがあった。三年も付き合っていた聡介と眠るときでさえ、朝までぐっすり眠れ

たことはなかった。

結局、日野は朝まで眠れたのだろうか。

3　隣の男は謎めいて

身支度を整えいつも通り出勤した弥生は、すでに営業時間に入ったレストランのキャッシャー前で一人ウェイティングをしていた。

開店から三十分。つい先ほど五組目の客が来店して以来、客足は止まっている。外は雨で天気の悪い日は客足も落ちる。

レストランからロビーへと続くガラス張りの廊下から小さな靴音が聞こえて弥生は顔を上げた。お客様かと思ったが、姿を現したのは日野だった。

「お疲れ様です。小野田課長っていまこちらにいますか？」

「今日は夕方からだけど」

弥生が答えると、日野が薄い書類をキャッシャーの上に置いた。

「これ、来週の三十五名の貸し切り食事会の席順です。少し打ち合わせもしたかったんですが……書類だけ小野田課長に渡しておいてもらえますか」

弥生はキャッシャーの上に置かれた書類を手に取った。

予約課の仕事は電話やネット予約などを通してお客様からの宿泊や宴会事の予約を受

け、管理するのが主な仕事だが、その内容は多岐にわたる。特に宴会事に関しては、その内容やお客様からの要望によって、実際に宴会場を案内したり、スケジュールの調整をしたりと仕事内容はかなり幅広い。

案件によっては、宴会場を受け持つ料飲部とも密に内容を詰めたりすることも必要なため、予約課と料飲部で打ち合わせをすることもある。

「それじゃ」

用件だけ伝え踵《きびす》を返した日野に弥生は声を掛けた。

「朝食……ありがとう。鍵、言われた通りにポストに入れておいたから」

すると、日野がゆっくりと振り返って人差し指を唇にあて「しー」と合図をしてまたロビーのほうへと歩いて行った。

職場で余計なことは言ってくれるなということだろうか。

日野が眠れたのかどうか気掛かりだったのだが、結局聞けずに終わってしまった。

「別人みたいだな……」

昨夜の彼とは、まるで違う。誰でもその場に合わせた違う顔というものを持ち合わせている。大人とは、そういうものだ。

昼営業を終え、夜の営業時間までの間、レストランのスタッフは中休みを取る。

昼の営業の終了時間にもよるが、だいたい十五時から十七時までがその中休みの時間に当たる。言葉通り少し長めの休憩時間になるため人によっては一旦寮に帰って仮眠を取ったり、休憩室で過ごしたりとその過ごし方は様々だ。

弥生が夜のスタンバイを終えたレストランで休憩を取っていると、ふいに内線電話が鳴った。

「はい。レストラン里中です」

『お疲れ様です。予約の日野です。いま事務所のほうに電話したんですが誰も出なかったので。すみません、いまラウンジがちょっと大変で……里中さん手が空いてたら至急ヘルプをお願いしたいんですが』

今日は二階の宴会場で地元の社会奉仕団体の定例会があったはずだ。ちょうどその会が終わる時間にあたる。

「分かりました。すぐ行きます」

弥生は電話を切ると慌ててレストランを飛び出してロビーへと続く廊下を小走りに駆け出した。ザワザワとした人の気配に辺りを見渡すと、十席ほどのラウンジがほぼ満席になっていた。

慌ててラウンジのカウンターに駆け寄ると、ラウンジ番の平山《ひらやま》がコーヒーを淹《い》れながら顔を上げた。

「詳しくは分からないんですけど、ティーチケットが出てたみたいで……」

「とりあえずはここなんとかしないと。これ、どこ？」

弥生はカウンターの上にすでに準備されたコーヒーののったトレイを手に訊《たず》ねた。

「Bテーブルです」

Bテーブルに人数分のドリンクをサービスに行くと、その横で日野が各テーブルのオーダーを取ってくれている。きっと状況を見かねて手伝いに入ってくれたのだろう。

弥生はカウンターに用意されたドリンクをすべてサービスし終えると、今度はカウンターの中で平山と共に日野が取ってくれたオーダー分のドリンクを準備する。

普段一人でまわしている小さなラウンジは、三人がかりでまわせばあっという間にその仕事が片付いて行く。オーダー分のサービスを終えてしまえば、状況は一旦落ち着いた。

「里中さん、これでラストです」

平山からドリンクを受け取り最後のテーブルのサービスを終えた弥生は、再びカウンターに戻ると大きく息を吐いた。しばらくの間カウンターの隅で様子を窺《うかが》っていた日野が、ラウンジ全体が落ち着いたのを見届けると、弥生たちに向かって頭を下げた。

「ありがとうございました」

「こちらこそ。手伝ってくれて助かった」

「チケットの件はこちらのミスの可能性も高いので、確認してから報告します」

そう言って深く頭を下げると、事務所の方へと歩いて行った。

怒涛《どとう》の忙しさから解放された弥生たちは、やれやれと小さく息を吐きながら顔を見合わせた。

「助かりましたね。日野さんヘルプに入ってくれて」

「そうだね。でも……日野くん、慣れてたよね」

新卒採用者にしろ、中途採用者にしろ、入社後三カ月は料飲部で研修を受けるのが決まりになっているが、それだけにしては妙にサービス慣れしていたような気がする。

「まえにちらっと聞いたんですけど、日野さんって専門学校在学中に委託生してたって噂《うわさ》で」

「へぇ……」

専門学校によってはホテル委託奨学生制度という、在学中委託先のホテルで仕事をすることで、学費を返納して行く制度がある。日野が委託生制度を利用していたとすれば、慣れた仕事ぶりも頷《うなず》けるというものだ。

そんな話をしながら片づけをしていると課長の小野田がやって来た。ロビーを通り掛かり、弥生たちに気付くとこちらに近づいてきた。

「お疲れ。大変だったんだってな。悪かった、ちょっと私用で外に出てて……」

「課長、チケットの件ですが、今回うちに指示来てなかったですよね？」

弥生が訊ねると、小野田が言葉を続けた。

「ああ、そのことなんだが。予約のミスらしい。手配書上げたの新人の三井だったらしくて……さっき日野が謝って来た。以後気を付けるようきつく言っておいたが、次からうちのほうからも改めて確認いれるようにしよう」

「はい」

弥生が返事をすると、小野田が表情を緩めた。

「二人ともお疲れだったな。里中もそろそろ戻れ。夜の営業始まる」

小野田にそっと肩を叩《たた》かれ、弥生は平山に目配せをしてから課長のあとを追うように歩き出した。

＊　＊　＊

超過していた残業の時間調整のため普段より早く仕事を終えた弥生は、いそいそと家路に着いた。雨上がりの夜道にはところどころ水溜《た》まりが残っていて、自転車を走らせていると時折水が跳ねた。

寮の駐輪所に自転車を停め、腕時計で時間を確認するとまだ八時半過ぎだった。

——レストラン番でこんなに早く帰れたの久しぶりかも。

寮の階段を軽快な足取りで駆け上がるが、この軽やかさも二階までだ。すでにアラサー世代。スポーツをしていて体力も充分にあった学生時代のようにはいかないものだ。

部屋の前に立ち、背中に背負ったリュックから鍵を取り出したとき、ふいに隣の部屋のドアが開いて弥生は顔を上げた。

「お疲れ様です。今日は早いんですね」

「ああ、うん。時間調整で早く上がらせてもらえたの。日野くんは？　こんな時間に出かけるの？」

「ちょっと、そこのコンビニに。……あの、今日は定例会の件、すみませんでした」

「いいよ、そんなの。日野くんのせいじゃないんだし」

入社して間もない新人が記入ミスをすることなんて、彼らが正式に各部署に配属されたばかりのこの時期ならさほど珍しいことではない。もちろんミスがないことが最善ではあるが、こちらで対応できうる範囲で結果的にお客様に迷惑を掛けることがなかった程度のミスなら幸いというものだろう。

「や、でも……」

妙に神妙な顔をしている日野がなんだか可笑しくて弥生は思わず笑ってしまった。

「大袈裟《おおげさ》！　ま、正直ちょっと焦ったけど、日野くんが手伝ってくれたおかげですごく助かったし。うちも確認取らなかったのが悪いのよ。だから、気にすることない」

弥生が笑い返すと、日野の表情が少し和らいだ。

彼のミスでないとはいえ、同じ課の後輩のミスに責任を感じて頭を下げることができる程度に彼が真摯に仕事をしていることが分かる。

「ねえ、日野くん。買い物行くならついでにお茶買ってきて欲しいんだ。こだわりないから銘柄とか任せるし」

弥生が言うと、彼の表情がいつもの弥生が見慣れたものに戻った。

「人使い荒いですね。アルコールじゃなくていいんですか?」

日野が少し意地悪な表情で訊ねた。彼が何を意図しているのかは分かる。

「いいの、最近のまれやすいから。日野くんも知ってのとおり、いろいろ失敗してるし?」

「はは。そうでしたね」

彼の口調と表情が完全に普段のものに戻った。

「というわけで、お願い」

「了解です」

結局、日野は弥生の頼みを断らなかった。弥生からしてみれば実に得体のしれない男だが、彼が決して悪い人間でないことだけは分かって来た。

「気を付けてね」

弥生が部屋のドアを開けながらひらひらと手を振ると、日野が少し照れくさそうに顔を歪《ゆが》めた。

弥生が彼に抱いていたこれまでの印象とは違い、特別不愛想というわけではないことや、仕事に関しても意外と真面目で責任感が強いということを知った。

脅迫じみた突飛な要求をしてくるかと思えば、案外素直だったりもする。

よく分からない謎な男だが、嫌な感じではなく興味をそそられる。

しばらくして日野が戻って来たのが気配で分かった。

インターホンは鳴らさず、小さなノックが聞こえ、ドアを開けると部屋の前に立っていた日野がペットボトルのお茶を差し出した。

「ありがとう。お金、払うね」

そう言って日野を見上げた瞬間、彼の肩越しに見える、階段を上がって来る男の姿にはっとした弥生は、慌てて日野の腕を摑《つか》んでそのまま部屋に引き入れると、素早くドアを閉めた。

「ちょ、どうしたんですか？」

無理矢理部屋に引き入れられた日野が驚いた顔で弥生に訊ねた。

「いいから、静かに」

険しい顔で声をひそめた弥生に、日野が怪訝《けげん》な表情を返す。

「なに？　一体どう……」

「いいから！　少しの間静かにしてて、お願い」

弥生はそんな日野を制止してドアに張り付くようにして息を殺す。

小さな足音が近づいて来る音がして、その靴音が弥生の部屋の前で止まった。

日野がそれに気付いて眉根を寄せ、弥生は彼を見上げて息をひそめたまま指で「しっ！」と合図をした。

――ピンポーン。部屋のインターホンが鳴り、日野はようやく弥生の行動の意味を理解したようだった。

「弥生？　いるんだろ？　少しでいい、話できないかな」

弥生はドアの内側に張り付いたまま、その場をやり過ごす。

「開けてくれよ、弥生」

日野は行く手を塞がれ、手にしたままのコンビニの袋を床に置き、そのまま玄関に座り込んだ。

時折弥生を見上げては、何か言いたげな表情を浮かべたものの、余計なことは言わなかった。しばらくの間、聡介がその場から立ち去るのを二人で息をひそめて待った。

それからどれくらい経っただろうか。

小さな足音が次第に遠ざかって行くのを聞いて、弥生はほっと息をつき、その場に座り込んだ。

玄関の縁に座り込んでいた日野と目の高さが同じになって、弥生は小さく彼に微笑んだ。

「——行ったみたい。ごめん、変なことに付き合わせて」

「や。それはべつにいいですけど……」

答えた日野がゆっくりと立ち上がった。それから、床に置かれたコンビニの袋から缶ビールを一本取り出してそれを弥生にそっと差し出す。

「どうぞ」

「え？」

「あげます。これ一本くらいなら、さすがにのまれないでしょ」

弥生はしばらく考えたあと、それを黙って受け取って小さく息を吐き出した。

「――いいんじゃないですか？　飲んで楽になるなら意地張らずに飲めば」

すべての事情を知っている日野なりに気を遣ってくれているのだろうか。

「ホント、なんなんだろうね。別れた女の部屋訪ねてくるなんて。振ったのは向こうだよ？　浮気した挙句、相手の子を妊娠させて――結婚するから別れてくれって」

なのに、今更弥生に何の話があるというのだろう。

改めて言葉にしてみると、本当に最低な男だ。好きだった男だとはいえ、無神経で図々しいにも程がある。

「なんか、今更腹が立ってきた！　ていうか、どうして私があんな奴の為にコソコソしなきゃいけないのよ。次来たら大声出して追っ払ってやる！」

そう言って握りこぶしを作ると、日野が小さく笑った。

「どうでもいいですけど。俺には関係ないことですし」

「ごめんね、関係ないことに巻き込んで。あ、そうだ！　お茶代払わなきゃだよね」

弥生は思い出したように両手を打って、バッグから財布を取り出し代金を支払った。

「これくらい、いいんですけど」

「よくない！　借りは作りたくないから」

弥生が言うと、日野が大きく目を見開いた。

「よく言いますよ。思いきり借り作っておいて」

「だからお詫《わ》びに日野くんの無茶な要求のんでるじゃない。これ以上の借りは作りたくないだけ」

ふん！　と唇を尖《とが》らせてみせると、日野がふっと吹き出した。

「……里中さんって、けっこう面白いんすね」

「はぁ⁉」

面白いって、なに⁉　一体彼にどんなイメージを持たれているんだろう。

「変なことに巻き込んで悪かったわね。それじゃあ、おやすみ！」

弥生は早く出て行けといわんばかりに、彼の背中をトンと押した。

「用が済んだら、すぐに帰れって？」

「そっちが迷惑そうにしたんでしょ。だから帰してあげようとしただけよ」

「そうですか。それじゃ、また」

日野がドアに手を掛けて何かを思い出したように振り返った。

「言い忘れてましたけど。この間の添い寝もよく眠れました。——というわけで。例の、また お願いします。おやすみなさい」

そう言った日野がニヤリと笑って出て行った。

「え……」

——なんで⁉　偶然じゃなかったの⁉

一度試してみた結果、偶然ということで要求されている添い寝も一度きりで終了となることを期待していた弥生としては、日野の思いもよらない言葉に落胆の溜息をついた。

それにしても、聡介が再び部屋を訪ねて来たのは想定外だった。電話やメールはすべて無視しているため、聡介にしてみれば弥生に連絡を取る手段が残されていないからなのだろうが、いつまでもこんな状態が続くと思うとさすがに気持ちが滅入る。

＊　　＊　　＊

営業時間を過ぎたレストランで弥生が翌朝の朝食のスタンバイをしていると、内線電話が鳴った。閉店後に電話がなるのは珍しい。

「はい。レストラン里中です」

『あ、弥生ちゃん？　私だけど。お疲れ様』

こんな時間帯に誰かと思えば、電話の主は奈緒だった。

「お疲れ様。どうしたの。いま朝食のスタンバイ中なんだけど」

『あ、ごめん。すぐ済むから！　弥生ちゃん、明日ラウンジ番だったでしょう？　仕事終わってから予定ある？』

「いや、特にないけど。なに？」

『この間言ってた事務所の子たちと飲むって話、明日になったのよ。もし暇だったら来ないかなーって』

一体どんな用件かと思えば飲みのお誘いだとは。

「いいよ。何時にどこ集合?」

『それがまだ決まってないの。決まり次第連絡するから』

「分かった」

『せっかくだからいろんな人に声掛けてるんだー。楽しみにしててね!』

一体どれだけの頭数揃《そろ》えて飲む気だと突っ込みたくなったが、人数が多いのも楽しそうだと思い直した。


翌日、弥生はラウンジの仕事を時間通りに終えると、その足でスマホの地図案内を頼りに奈緒から教えてもらった居酒屋に向かった。

駅から徒歩で五分ほどのところにある、若者に人気の和風居酒屋だ。

事務所で働く定時上がりのスタッフたちと昼で仕事を終えた奈緒は、午後七時集合で、弥生は一時間ほど遅れての合流だ。

「ここか」

お洒落《しゃれ》な古民家風の建物。金曜の夜ということもあって店はかなり混み合っているようだった。席が分かりづらく、奈緒に電話をしようとスマホを操作しているとき、

「あれ、里中さん?」

ふいに後ろから声を掛けられて振り向くと、スーツのジャケットを脱いだブライダル課の有賀が後ろに立っていた。

「有賀さん。お疲れ様です。有賀さんもいま着いたところですか？」

「いや。仕事の電話が入ってね。店の中だと周りが騒がしくて話にならないから外で、ね？」

「あ、なるほど」

「皆揃ってるよ。席、こっち。案内するよ」

そう言った有賀が弥生に手招きし、皆がいる場所へと先導して行く。騒がしい店内を彼の背中を追うように歩き、店の一番奥に位置する個室に着くと彼が弥生を中へ促した。

そっと襖《ふすま》を開けると、部屋にいた奈緒が弥生に気付いて大きく手を振った。

「弥生ちゃん、お疲れ」

その個室には総勢十人を超える事務所のスタッフたちがいた。挨拶を交わすのはもちろん、仕事上の必要な会話をすることはあっても、それ以外の付き合いはない。プライベートな皆の姿は新鮮だった。

「こんばんは。お疲れ様です」

「あ。里中さん、お疲れ様」

「あ、どうも」

声を掛けてくれた人たちに軽い挨拶を返していると「こっち空いてるよ」と一緒に部屋に入った有賀が弥生の服の袖を引いた。

見ると奈緒はフロントの菜々美《ななみ》たちと話に夢中になっている。

――ま、いっか。奈緒は奈緒で楽しんでるようだし。

他部署のスタッフたちとの交流を目的としているのだから、普段ゆっくり話す機会がない人と話してみるのも楽しいかもしれないと、促されるまま有賀の隣に座った。

「メニューどうぞ。里中さんって、飲めるほう？」

「あ、はい。付き合い程度には」

すぐ横で訊ねられ、声の近さに驚いて有賀のほうをみると、想像以上の至近距離に思わず心臓が跳ねた。

辺りが騒がしいからこその距離感だと分かっているが、相変わらずの眩《まぶ》しい笑顔に妙に落ち着かない気持ちになる。

「決まった？　僕の分と一緒に頼むよ」

「あ、じゃあ。カシスサワーをお願いします」

そう答えてメニューを閉じると「了解」と答えた有賀が部屋の襖を開け、タイミングよく通りかかった店員にドリンクを注文した。

「そういえば、溜息の原因は解決したの？」

「――え？」

「ほら。まえにキャッシャーのとこで」

そう言われて、つい最近彼とそんな話をしていたことを思い出した。

「まぁ……それなりに、と言いますか」

「どうせ彼氏と喧嘩《けんか》したとか、そんなとこでしょ？」

弥生が答えに詰まると、有賀が少し楽しそうに微笑んだ。

「里中さんくらいの年頃の女の子は、そういう悩みが多いだろ？」

「喧嘩……なら良かったんですけど。最近、別れちゃったんで」

少し自虐的に笑うと、有賀が驚いた顔をした。

「あ――いや、ごめん。冗談っていうか……そんなつもりなかったんだけど、さすがにデリカシーなかったな」

「あ！　いえいえ、そんなっ！　全然大丈夫ですから、はい」

申し訳なさそうに小さく頭を下げた有賀に、弥生は慌てて胸の前で両手を振った。

「もう全然平気なんで」

少しだけ嘘《うそ》をついた。まだはっきりと言い切れるほど胸のもやもやは晴れてはいないが、そこまで親しくない職場の人間に馬鹿正直に話すことではない。

「おーい！　カシスサワー、誰だっけ？」

入口付近に座っている総務の小林の言葉に「あ、私です！」と弥生が手を挙げると、そのグラスが手回しで弥生のところまで回って来た。「乾杯しようか」とジョッキを掲げた有賀とグラスを合わせる。

「そっか。里中さん、今フリーなんだ。いいこと聞いたな」

「え？」

「いや、こっちの話。きみがフリーなら僕にも少しはチャンスがあるのかなって」

そう何気なく呟《つぶや》いた有賀が弥生を見つめた。その意味ありげな言葉は周りの喧騒に紛れて他のスタッフには聞こえていない。

弥生は目を見開いたまま、彼の表情が柔らかく緩むのをただ啞然《あぜん》として見つめていた。

「里中さん、髪おろしてるとまた雰囲気違って可愛いね」

可愛いって言った⁉ 私のことを⁉

いやいやいや。言葉を真に受けちゃいけない。きっと大人の社交辞令というやつだ。

仕事中は後ろで一つに結んだ髪を、今夜は仕事が終わったと同時に下ろして来ている。

自覚があるのかないのか分からないが、彼の不意打ちのイケメンテロにすっかり狼狽《うろた》えてしまった。

「あの……有賀さん、なにか料理お取りしましょうか？」

話題を変えてその場を凌《しの》ぐ。弥生がテーブルの上に並んでいる料理を取り皿に分けると、彼がそれを受け取りながら微笑んだ。

「いま流そうとしたでしょ」

「あ、いや……」

「そうはさせないよ。初めて会ったときから里中さんのこといいなって思ってたんだけど、あんまり話す機会もなかったしね。今夜は里中さんも来るって聞いて飲み会の参加を決めたんだ」

そう言った有賀が、何かに気付いたように座敷の畳の上に置いてあったスマホを手に取った。

「ごめん。また電話だ」

有賀が名残惜しそうに席を立ち、そのまま慌ただしく部屋を出て行ってしまった。

有賀からの突然のアプローチに戸惑っていた弥生は、彼が席を立ったことにほっとしながら改めて部屋の中を見渡した。そのときテーブルを挟んで弥生から少し離れた位置に座っていた日野と目が合った。

そういえば、奈緒が予約のスタッフにも声を掛けたと言っていた。

目が合ったのはほんの一瞬で、日野は隣の席の経理課の矢内《やない》と楽しそうに話をしている。日野が職場で誰かと親しくしているところを見たことはなかったが、ごく普通に親しい人間もいるようだ。

「弥生ちゃん！　そんな隅っこで一人で飲んでないでこっちおいでよ」

声を掛けられて、弥生はグラスを持って立ち上がると奈緒の席の近くに移動した。

「里中さんも、これまであんまり話す機会なかったですよね？」

弥生の為に席を空けてくれた総務の竹下《たけした》が言った。

「そうだね。仕事絡みでちょっと話すくらいで。たまにはいいものだね、違う部署との交流も」

「俺もそう思います！　ってことで、これからも定期的に開催しません？　この会」

「あ、それいい！」

奈緒が竹下の提案に同意し、その場にいた皆も「いいね」と頷いた。

それから二時間ほど飲んで、飲み会は十一時頃お開きとなった。

土日が休みの事務所のスタッフたちは、このあと皆でカラオケに移動するらしい。

「それじゃ、お疲れ様。気を付けて」

「お疲れ様でしたぁ」

店の前で二次会組が駅北にある繁華街のほうへ歩いて行く。残った帰宅組は電車に乗るために駅方面へと向かう。

寮住まいの弥生と奈緒、日野は大きな通りに出てタクシーを捕まえた。寮まではタクシーを使うほどの距離でもないが、皆酔っていることもあり乗り合いでの帰宅を決めた。

タクシーはあっという間に寮に到着し、弥生が料金を払ってタクシーを降りた。

「それじゃ、おやすみ！　奈緒ちゃんまたね。近いけど気を付けて」

弥生はここで別れる奈緒に手を振った。

「あれ？　日野くんも弥生ちゃんと同じ棟だったの？」

「うん。しかも隣同士」

寮に住んでいる社員は全社員のうちの半数程度。単身者専用ということで比較的若い世代が多いのだが、寮住まいの社員の顔ぶれは把握していても、誰がどの棟の何号室に住んでいるかまでは互いにほとんど知らない。

通りの先にある寮に住んでいる奈緒が角を曲がるまで見送ってから日野を促した。

「ちょっと意外だったな。日野くんもああいう飲み会参加するんだね」

「まぁ……進んでってわけではないですけど、今回は矢内さんに強引に誘われて断り切れなかったんで」

「矢内さんと仲いいの？」

「仲がいいというか付き合いが長いんで。矢内さん、専門学校時代の先輩なんですよ」

「え？　そうなの？」

弥生が階段の途中で振り向くと、日野が「危ない」とそっと背中を支えた。

「ここでの仕事紹介してくれたのも、矢内さんなんです」

「へぇ。じゃあ、委託生してたっていうのも本当なの？」

「誰から聞いたんですか」

「いや、噂でね。ほら、この間ラウンジ手伝ってくれたじゃない？　サービスも随分慣れてたし」

弥生の言葉に「ああ」と日野が答えた。

「委託生の経験あるのに、予約課に配属って珍しいよね？」

「以前の職場ではサービスしてたんですけど、ここの募集が事務職で、予約なら空きがあるって矢内さんが。配属先は特にこだわりもなかったんで」

三階までの階段を昇り切ると、飲んでいることもあってさすがに息が上がる。一息ついた途端ふいに身体が揺れたが、日野が弥生の腕を摑んでくれたおかげで体勢を崩さずに済んだ。

「ありがと。飲みのあとの階段はさすがにきついよね。息上がる」

「それ、歳なんじゃ……」

呆《あき》れたように言葉を続けた日野を、弥生は睨《にら》んだ。

確かに日野と弥生の間に年齢差はあるが、たかが二歳だ。たいして変わりないじゃない、と思ったがそれを敢えて飲み込んだ。

「それじゃ、おやすみ」

「おやすみなさい」

同時に部屋のドアを開け、ほぼ同時に部屋に入る。ゆっくりと閉まったドアの音まで見事にハモって、そんな些細《ささい》なことになぜか笑いが漏れた。

靴を脱いでそのままふらふらと歩いて、バッグを降ろすこともせずにベッドの上にダイブする。

「あー、このまま寝ちゃいたい……けど。メイクくらい落とさないと」

そのときバッグの中のスマホが鳴った。ＳＮＳのメッセージ音だ。弥生はゆっくりと身体を起こしバッグの中身をひっくり返して、散らばった物の中からスマホを拾い上げた。

画面に表示されたメッセージは有賀からのものだった。

【寮に着いたころかな？　さっきはごめん。急にあんなこと言って戸惑わせたかな。でも里中さんのこと気になってたのは、本当だよ】

飲み会の最中、たまたまトイレで席を立った弥生と、仕事の電話を終えて戻って来た彼が廊下で鉢合わせした。

彼に訊ねられるまま連絡先を交換したのは、断る理由が見当たらなかったからだ。

社内で人気の男性社員からのアプローチ。本気なのか冗談なのか、彼の本意は分からないが、正面を切り弥生に興味を持っていると言った有賀の潔さに好感を持ったのは事実だ。

彼のことを特別意識したことはなかったが、状況が変われば気持ちも変わる。

有賀の言葉が嬉《うれ》しくなかったわけじゃない。聡介と別れたいま、次の恋への一歩になるのかもしれない。ただ、鈍った恋のアンテナを正常に働かせるには、もう少し時間が必要な気がする。

4　委ねたのは身体か心か

仕事を終えた弥生は、寮までの道のりを自転車で走っていた。長かった梅雨も明け、暑さも本格的になり、自転車を漕いでいると身体中に汗がにじむ。

ここ数年で綺麗《きれい》に区画整理された街並み。新しく作られた公園の周りは、遅い時間でも犬の散歩やウォーキングをしている人々とすれ違う。

寮の駐輪所に自転車を停めて階段の方へ歩き出すと、街灯の下から若い男の影が現れ、その影が見知った男の影に似て見えた弥生は一瞬身構えた。

「お疲れ様です」

よく見ると、街灯の下から現れた男は、弥生が思った男とは似ても似つかない隣人だった。

「なんだ。日野くんか……」

彼が片手にコンビニの袋を提げていることから、買い物帰りなのだということが分かる。

「どうしたんですか、驚いた顔して」

「またコンビニで買い物？」

「まぁ、一人暮らしの冷蔵庫みたいなもんでしょう」

寮から徒歩五分のコンビニエンスストアは、必要なものが必要な時に手軽に手に入るという意味では確かに寮の利用者の冷蔵庫代わりだ。

「なに買って来たの？」

階段を昇りながら日野の提げた袋を何気なく覗《のぞ》き込むと、アルコール飲料の類とつまみのようなスナック菓子が入っているのが見えた。

「日野くんって、結構飲めるクチなの？」

「まぁ、それなりには。家飲みが一番安心なんで酒量増えるんですよ」

確かに家飲みならば、酔いつぶれてもそのまま寝てしまえるし、誰に迷惑を掛けることもない。

「あ、ねぇ！　どうせ飲むなら今からウチ来ない？　これから食事ついでに飲むんだけど、つまみならすぐ用意できるよ。一人で飲むのも気楽でいいけど、誰かとっていうのもたまにはよくない？　ほら、隣なら潰れる前に一人で帰れるし」

弥生が言うと、日野が少し驚いた顔をした。

「いいですけど……」

「じゃあ、決まりね。どうぞー」

弥生がドアを開けると、日野が遠慮がちに玄関に足を踏み入れた。昼間の熱気が部屋に籠って熱い空気に身体が溶けそうだ。

「ちょっと窓開けるね。空気入れ替えたらエアコンつける」

日野を部屋に招き入れておいて、弥生ははっと我に返った。ここ最近彼との接点が増えて勝手に親しくなったような気がしていたが、微妙な距離関係にあることを今更ながら思い出した。

一度関係を持って、一度添い寝をした仲。

それってどんな関係よ⁉ と心の中で突っ込んではみたものの、彼と自分の間に肉体関係はあるが、色っぽい要素など全くないということもついでのように思い出した。

「ま、いっか」

部屋に招かれたものの、居心地悪そうに立ち尽くす日野に「座れば」と促した。

「部屋の中、あんまり見ないでね。ちょっと散らかってるから」

軽く忠告だけして冷蔵庫を開けると、中にあるものを適当にテーブルに並べてつまみ代わりにする。昨日の夕食の残りを温め、アレンジを加えた料理を何品か用意してテーブルに並べると、日野が目を見張った。

「この時間に帰って来て、よくこれだけの品数の料理出てきますね……」

「や、でも。それ、ほとんど昨日の残りだもの。これは野菜切っただけだし」

そう答えて弥生は自分の分のビールとご飯を用意して席に着いた。

「はい、取り皿。好きなの適当につまんでね」

「――つか、お母さんですか？」

弥生がじろりと睨《にら》むと日野が「あ、いい意味で」と慌てたように付け足した。

「こういうのがダメなのかなぁ？」

ぼそりと呟《つぶや》くと日野が「は？」というような顔をした。

「あ、いや。ちょっと所帯くさいっていうの？　そういうのって男の人から見て魅力に欠けるのかなーとか」

聡介にとっても自分はどこか〝母親〟のようになり過ぎていたのだろうか。

仕事柄、お互いの休みが合わないことが多く、デートと言えばどちらかの部屋で過ごすことが多くなっていた。

たまには、休みを合わせて着飾ってデートして、思いきり恋人らしい時間を過ごしていたら今みたいなことにはなっていなかったのだろうか。

「そんなことないんじゃないですか。料理できる女性、ポイント高いと思いますよ」

慰めなのか社交辞令なのか分からないが、勢いよく料理を口に放り込んだ日野を見つめた。

「今更なんだけど。日野くんって彼女いないの？」

弥生が訊《たず》ねると、日野が眉根を寄せてから呆《あき》れたように「ほんと今更」と呟いた。

「いませんよ。いたら、あんな事故みたいなのでも里中さん抱いたりしてないし、添い寝も頼みません」

「あ、そっか。そうだよね……」

確かにその通りだ。相手がいて自分とそういうことになったのならそれはれっきとした浮気だし、ちゃんとした相手がいるのなら彼女と一緒に眠ればいいだけのことだ。

「ビールもっと飲む？　まだ冷蔵庫に何本かあるよ」

「それ俺が買って来たやつでしょ」

「あ、そうでした」

弥生の言葉に、日野がふっと笑った。

初めはとにかく得体のしれない奴という印象が強かったが、最近はそんな印象も少しずつ薄れてきた気がする。

不思議な要求をしてきたりするが、決して悪い人間というわけではないし、あの夜醜態をさらし尽くしてしまったという点においては、自分を繕うことなく自然でいられる相手として居心地よくすらあることに気付いた。

食事を終えて後片付けをしていると、日野がビールの空き缶を片付けてくれた。

「ああ、ありがとう。ついでにテーブル拭いてもらっていい？」

そう言った弥生が硬く絞った布巾をひょいと投げると、日野が難なくキャッチした。

「元バスケ部なんだ。コントロールいいでしょ」

「普通、投げませんけどね」

「日野くんは、なにかスポーツやってた？」

「俺も学生のときバスケやってましたよ。あと、小さい頃から空手も」

「へぇ！　意外！」

その時、玄関のドアが小さくノックされた。その音に反応した日野と目が合ったのは、ドアの向こうにいる相手に心当たりがあるからだ。

「――弥生？」

ドア越しに響く聞き覚えのある低い声。弥生をこう呼ぶ男はたった一人だ。

「いるんだろ？　ほんの少しでいい。話をさせてくれないか……」

聡介の声に日野が弥生を見て声を落として言った。

「いいかげん、どうにかしたほうがいいんじゃ……居留守使って逃げるのにも限界がある気がしますけど」

確かに日野の言葉は尤《もっと》もだと思う。

「俺、このまま奥にいますよ。部屋に誰かいるって分かれば、彼氏さんだって下手なことはできないでしょう。話聞いて、里中さんも言いたいこと全部ぶちまけてきたらどうです？」

彼の言う通りだ。誰かが一緒だと分かれば、聡介が強引に部屋に上がり込んできたりすることもないだろう。

聡介が何を伝えたくてやって来たのかは分からないが、もう戻る気はない弥生の意思をしっかり伝えておくべきではないか。

「だよね。……悪いけど、ちょっと待ってて」

弥生は日野に奥の部屋にいるよう促すと、部屋とダイニングの間の引き戸をそっと閉めた。

それから玄関に向かい、鍵を開けてゆっくりとドアを開いた。

小さく軋《きし》んだ音を立てて開いたドアの隙間に、背が高く逞《たくま》しい聡介の姿があった。

懐かしい優し気な瞳に浅黒い肌。ほんの少し見ない間に、頬が扱けた気がする。

「――やっと、会えた」

聡介がほっとしたように微笑んだ。吹っ切れたつもりでいたのに、その顔を見た途端、懐かしさとともに胸が締め付けられるように痛む。

「なにしに来たの」

弥生は敢えて低い声で訊ねた。

「話がしたくて……」

「話って？　もう話すことなんてないはずだけど。――だいたい、よく来れたよね。聡介、自分がなにしたか分かってる？　私になんて言ったか覚えてる？　何度も訪ねて来るなんてどうかしてる。早く彼女のところに戻ったら？」

そう一気に強い口調で言った。

「弥生、聞いてくれ！」

聡介が絞り出すような声で言った。

「彼女の妊娠は……嘘《うそ》だったんだ。俺は、騙《だま》されていたんだよ」

その瞬間、聡介が弥生の腕を掴《つか》んだ。

「俺、弥生と別れて責任取るつもりだったんだ——でも、辻褄《つじつま》が合わないことばかりで彼女を問い詰めたら、嘘だったたって。俺を失いたくなかったから……って」

弥生にはそんな聡介の言葉が、ほとんど耳に残らなかった。

「彼女とは別れた。だから、弥生——」

聡介の手がそっと弥生の頬に触れた。懐かしい体温だった。けれど、同時に嫌悪感を覚え、弥生は聡介の手を勢いよく振り払っていた。

「止めてってば！　それで？　またやり直せるとでも思ってる？」

「やり直せるなんて思ってない。でも、まだ弥生のことが好きなんだ——」

聡介の声がさっきよりもさらに遠くに聞こえた。

不思議な気持ちだった。ほんの少し前まで、彼のその「好きだ」という言葉が弥生の心と身体をどうしようもなく熱くしていたのに。それどころか、弥生はいま頭の芯が冷えるような感覚に陥っている。

「出てって……！　もう会いたくない！」

弥生は聡介の大きな身体を突き飛ばして、勢いよくドアを閉めた。

「弥生」

名前を呼ばないで。まるで何もなかったあの頃と同じように呼ばないで。

「無理だから……！」

裏切られた事実は簡単に消えたりしない。一夜の過ちくらいならまだよかった。でも、彼女の嘘を信じてしまう程度に何度も彼女を抱いていたのだ、聡介は。

――許せない。どうしたって、許せない。それが弥生の嘘偽りない気持ちだった。


聡介が帰ったあと、弥生は部屋の鍵をかけ、ふらふらと歩いて締め切った引き戸にコツと頭をぶつけた。それと同時に、引き戸がそっと開き、弥生が顔を上げた先には少し困ったように眉を下げ、なんとも言えない表情のまま無理に口の端を上げる日野の姿があった。

弥生はそんな日野をそっと避けると、部屋の中を所在なげにしばらく歩き回る。弥生を黙って眺めていた日野が、やがてこちらに近づいてくると弥生の腕を摑んだ。

「――っ」

日野の腕がやけに温かくて、少し気を緩めると涙が出そうだった。

「ティッシュいります?」

「――うん。たぶん」

「言いたいことぶちまけた?」

「……うん」

「こういう時は、変に我慢しないで豪快に泣いたらいいんじゃないすか? 俺、里中さんの酷い泣き顔すでに見てるんで、今更引いたりしませんし」

俯《うつむ》いたままの顔を少し上げると、日野が弥生を見つめていた。彼の手がそっと動いて弥生の頭に手のひらを乗せる。その手の温かさがやけに胸に沁《し》みて込み上げてくる涙をこれ以上堪えることが難しくなった。

「そうだね……」

答えた声が震える。

思い出した。前にもこんなことがあった。聡介に別れを告げられた夜、日野は弥生に同じことをした。ずっと忘れていたけれど、この手のひらの温かさと優しさを感覚が覚えている。

なにやってるんだろう。どうしてこんなよく知りもしない男の前で泣いてばかり――。

弥生は目の前に立っている日野の胸にそっと額を押し付けた。

「悪いんだけど……、一分だけ胸貸して」

「一分でいいんですか？」

そう言って小さく笑った日野のティーシャツの裾をぎゅっと握った。

「――やっぱ、五分」

「ははっ。延びたよ」

一人で泣くのはちょっと辛い。

ほんの少しの間だけでいい。弥生は思わず彼の温もりに縋《すが》ってしまった。

「そっちが言ったんでしょ。一分でいいのか、って」

「まぁ、そうですけど」

日野の手のひらが、弥生の頭をそっと包んだ。

日野の胸に頭を預けながら目を閉じると、さっきの聡介の声が頭の中に蘇《よみがえ》る。

〝まだ、弥生のことが好きなんだ……〟

なんて狡《ずる》い男なんだろう。私を裏切ったくせに、傷つけたくせに。

悔しい、悲しい、憎い。なのに、聡介の言葉に胸がざわつく自分がどうしようもなく嫌で堪らない。

――この涙は、一体なんの涙？　感情がぐちゃぐちゃで、ただ日野の胸から伝わる温もりだけが弥生の心を落ち着かせてくれるようだった。

結局、弥生の涙が止まるまで日野は何も言わずその胸を貸してくれた。

弥生が少し落ち着いた様子に気付くと、弥生の頭をくしゃくしゃと撫《な》で、おもむろに弥生を抱き締めた。

「日野……く、ん？」

一瞬、強い鼓動を打った胸。少し驚いて身体を固くしたものの、弥生はそれを振りほどいたりはしなかった。

いまの弥生が欲しいのは、優しい慰めの言葉なんかよりも聡介の残像を消し去ってくれる確かな温もりだ。

あの日も、こんなふうに日野は弥生を癒したのだろうか。同じように泣きじゃくる弥生にその手を差し伸べてくれたのだろうか。

もし、そうなら――分かる気がしてしまう。にわかには信じ難いが、あの夜、自分から日野を求めたということさえも。ただそっと抱き締められているだけなのに、すごく心地いい。

――ダメだ。私、自分で思ってる以上に弱ってる。

この腕から逃れたいと思わない。むしろ――弥生がそっと顔を上げると、少しだけ身体を離した日野と目が合った。

「あの……」

続けようとした言葉は、そのまま彼の唇によって塞がれてしまった。

「……んんっ、ふ」

唇が離れない。彼のシャツをぎゅっと摑み、抵抗を試みた。思いきり力を入れたはずなのに、日野に与えられるキスが深くなるにつれ身体からゆるゆると力が抜けていく。

次第に、どうでもよくなった。

日野の腕も手のひらも唇も、どうしても振り解きたいかといえばそうでもなくて、むしろ心地よい。常識とか理性とか――そういった堅苦しいものを忘れてしまえるのなら、このまま流されてしまいたいとすら思う。

頭では分かっているのだ。彼と弥生は恋人同士というわけではないし、すでに過ちを犯している。

これ以上過ちを犯してどうする？　頭の中でもう一人の自分が警鐘を鳴らす。

唇を離した日野が、弥生の耳元で囁《ささや》くように言った。

「この際、甘えちゃえばいいんじゃないですか?」

「……え?」

「里中さんが嫌だっていうなら無理にとは言いませんが……。大人になると、どうしようもない夜もあるでしょ」

そう言った日野が弥生を見つめ、表情を緩めた。

「今夜だけ。一種の、動物セラピーだと思えば」

「動物セラピー?」

「身近な動物と触れ合って過ごすことでストレス軽減させたりするっていうやつですよ」

「や、聞いたことあるけど。それって、犬とか猫とか……はたまたイルカとかですするんじゃないの?」

「まぁ、普通は。――でも触れ合って癒せるなら人間でもいいんじゃないすか?」

日野が尤もらしいことを言った。

「人間も〝動物〟か……」

弥生の言葉に日野が眉を上げた。

「帰れ、って言われたら大人しく帰ります。一人のほうが落ち着くなら、それがいいのかもしれませんしね」

判断は弥生に委ねられているということだ。

いまこの場で日野を帰してしまったらどうなるだろう？　弥生は考えた。

どうするべきか、どうしたいのか。弥生がぐるぐると考えていると、日野が再び弥生に顔を近づけた。それも、互いの鼻が触れそうな寸前のところまで。

「ち、近い……」

「わざとですから」

そう言った日野の眼鏡の奥の瞳が悪戯に揺れた。

「今日だけって思えばいいいんじゃないですか？　明日になったら全部忘れるんですよ。酒に酔って夢でも見てたと思えばいい。それ、里中さん得意でしょ」

「……失礼ね。得意じゃないから！　酔って記憶失くすなんてあれが人生初めて」

そう答えてから考えた。

いま自分が何を欲しているのか。綺麗ごとなんかじゃない、心の奥底の本心。

「さっきの……訂正する。五分、って言ったやつ。ここにいて、今夜だけ」

随分と大胆な選択をしてしまったと思った。

それでも、一人にはなりたくなかった。ほんの束の間でも、彼の優しさと温もりに甘えたいと思ってしまった。

「いいですよ。霊長類ヒト科、二十六歳。人並みに発情しますが」

そう言った日野の鼻先が触れた。そしてその鼻を離すことなくさらに強く押し当ててくる。

「──痛い」

「当たり前ですよ。敢えてそうしてるんですから」

日野の腕が弥生の身体に伸び、そのままゆっくりと引き寄せられ、弥生は再び彼の腕の中にすっぽりと収まった。

改めて感じる彼の身体の感触。線は比較的細く見えるが、意外と逞しく骨太だ。

「こんなの……やっぱおかしいよね。分かってるんだけど……」

「それだけ弱ってるってことじゃないですか」

そうだ。心が弱っているとき、正常な判断能力というものが鈍るのが人間だ。誰でもいいから傍にいて欲しいなんて、酷く狡い女になってしまう自分が嫌で仕方ないのに、それでも目の前の誘惑に勝てない。

おずおずと顔を上げると、日野が弥生に顔を近づけた。そのままそっと唇が重なり、一度離れて今度はその角度を変えてまた唇が重なった。触れては離れ、また触れて離れ──日野のキスはとても優しかった。

あの夜ほどではないが、酔っていて良かった。日野の優しいキスに頭の中がふわふわとし、次第に余計なことを考える隙すらなくなり、気持ちいいという感覚だけに占拠されていく。

──甘えてしまえばいい、今夜だけ。

次第に深くなっていくキス。何度も何度も唇に吸い付いて、離れたかと思うとまた深く食まれて、息をつく暇も与えられない。いつの間にか身体の力が抜けて、気付けばベッドの上にいた。

弥生を背後から包み込むように座った日野が、今度は後ろから弥生の耳、頬、首筋に唇を這《は》わせる。その温かくて湿った日野の優しい唇の感触に身体を震わせながら、弥生ははっとした。そういえば、仕事から帰って来てバタバタしたまま、シャワーも浴びていない。

「あ、やだ！　私、帰って来てそのまま。汗かいて……」

「そんなの気にしなくていいです。むしろいい匂いだ」

そう答えた日野の手が、するりと弥生の服の裾から中に滑り込んだ。ぴたりと腹部に張り付いた彼の両方の手のひらがゆっくりと上にのぼり、下着の上から弥生の両胸を包み込んだ。始めは下着のレースの模様を撫でるように動いていた指が、弥生の胸の先端を探り当て、布越しに執拗《しつよう》に触れ始めると、弥生の身体が微かに震え、思わず声が漏れそうになった。

――気持ちいい。

日野の手のひらは温かくて、ほんの少し湿り気を伴って弥生の肌に吸い付くように馴染《なじ》む。日野が弥生の服を上へたくし上げて脱がすと、今度は下着に手を掛けてあっという間に後ろのホックを外した。エアコンで冷えたひやりとした空気が肌に触れるのと同時に日野の手が弥生の胸に直接触れ、指先でその先を弄ぶように動きを変えると、いよいよ弥生の口から堪えていた声が漏れた。

「声、いいですね。ここ、弄られんの好きですか？」

「日野くん……触り方、いやらしい」

少し可愛くない答え方をしたのは、素直に気持ちいいと答えてしまったら、なんだか日野の思う壺《つぼ》という気がして悔しかったからだ。

二つも年下のくせに。よく分からない男のくせに。弥生の気持ちいいと感じるところをちゃんと知っているような触れ方をする。弥生自身もあの夜の記憶はいまだないのに感覚として彼が確かに自分に触れたのだということを思い出す。実際、知っているような、ではなく彼は知っているのだ、弥生の身体を。

「今の、褒め言葉ですよね」

そう言った日野が弥生の胸の先を指先で転がしながら、後ろから弥生の耳たぶをそっと食み、日野の吐いた息が耳に掛かると弥生の身体をぞくぞくとした感覚が駆け抜けた。

「……あ」

日野が弥生の胸に触れながら、もう片方の手を腹部へ滑らせていく。弥生の履いているスカートをそっとたくし上げ、そっと内腿《うちもも》に触れる。下着の中に滑り込んだ彼の指が熱く熟れた部分に触れた刺激に小さな吐息を吐いて身体をしならせた。

「身体は素直ですね。ここ、熱くて溢《あふ》れて来てる」

そう言った日野が、弥生の中に指を差し入れる。彼の長い指は質量を伴い弥生の中を圧迫する。ゆっくりと内壁を擦るように動く彼の指使いに身体が震え、漏れ出そうになる声を必死に堪えていると、日野がさらなる強い刺激を与えてくる。

「……あっ、や」

弥生が堪らず声を上げるたびに、日野の息遣いも次第に熱を帯びていった。

日野はどうしてこんなことをするのだろう。いくら、目の前に傷ついた女がいるからって、慰めるためだけに好きでもない女を抱けたりするのだろうか。

「里中さん……」

日野が弥生から離れ身体を起こすと、着ているシャツを脱ぎ捨てた。

明かりを消した薄暗い室内でも分かる厚い胸と、うっすらと割れた腹部。筋張った腕にも筋肉がついている。

頭の中は疑問で一杯だったはずなのに、日野のその若くて瑞々《みずみず》しい身体に目を奪われ、弥生の思考は停止してしまった。

「……どうかしました？」

「あ、ごめ……。見惚《みと》れちゃって。身体鍛えたりしてるんだ？」

弥生が訊ねると日野が、ああ……と自身の身体を見つめ「鍛えてるって程でもないですけど」と答えた。それから下着一枚になると、仕切り直しだとでもいうようにベッドに弥生を組み敷いた日野と目が合い、思わず息を飲んだ。

「な、なんか……急に恥ずかしくなってきた……」

弥生が堪らず両手で顔を隠すと、日野がそれをやんわりと解いて、その隙間から微笑んだ。

「なに言ってるんですか、今更。もっと恥ずかしいこと、すでにしてますよ」

「だって。記憶にないんだもん」

確かに記憶にはない。けれど、身体がその感覚だけを覚えている。その事実がより一層恥ずかしさを煽《あお》る。

「恥ずかしいなら、こうして後ろから」

そう言った日野が隣に横たわり、後ろから弥生の身体を抱き締めた。

「恥ずかしいことも嫌なことも、全部忘れてしまえばいいんですよ。――気持ちいいことは誰だって好きでしょう」

低く甘さを含んだ日野の声が耳元で響くのに、再び身体がぞくぞくとした。

日野の熱い息が耳に掛かり、彼の手が弥生の胸と下肢を同時にまさぐる。日野の指が与える刺激に胸の先が痛いほど尖《とが》り、そこがまるで何かで繋《つな》がっているかのように弥生の身体の奥からじくじくとした熱が湧き上がってくるのを感じた。

「里中さん、ここすごい。ちょっと触っただけでどんどん溢れてくる」

「……っ、ふ」

胸の粒を指先で転がされ、背中をキスで埋め尽くされる。それだけでも充分なほど身体が反応するのに、熱く熟れた中を指で弄られ、その蠢《うごめ》く感覚に何かがはじけそうになる。

「あ、や……ダメっ」

「なにがダメ?」

「な……んかっ、待って。おかしくな……っ」

こんなはずじゃなかった——。セックスはもちろん初めてではないし、こんなふうにされるのも初めてじゃないのに、経験したことのない未知の感覚が弥生を襲う。一瞬でも気を抜いたら頭が真っ白になってしまいそうな恐怖に似た快感を弥生はこれまで味わったことがなかった。

「おかしくなっていいですよ。今は、気持ちいいことに溺れちゃえばいい」

そう言った日野が、一層弥生の身体の奥に指を伸ばした。

「ああっ……イっ……」

思わぬ大きな声が出て、弥生が慌てて枕に顔を押し付けてその声を堪えると日野が弥生の耳元で「イっていいですよ」と熱を帯びた声で囁いた。

日野の指の動きに合わせて、口の端から切れ切れに漏れる声を必死に抑えていると、明らかに熱を帯びている日野の息遣いが聞こえる。汗ばんで張り付く肌と肌。やっぱり弥生はこの感覚に覚えがあった。

「もっと、触れていいですか?」

日野の言葉に弥生は頷《うなず》いた。

「もっと……触って。もっと、気持ちよくなりたい」

なんて馬鹿なことをしているんだろう。好きでもない男とこんなこと——。

頭では分かっている。それでも止められない、止めたくないと思うのは、あまりにも心地よくて、その他のことなんてどうだっていいと思ってしまうくらい日野との行為が弥生の心も体も完全に麻痺《まひ》させてしまったからだ。

翌朝目覚めると、そこに日野の姿はなかった。

本当に夢をみていただけなのかもしれない。そう思って弥生がゆっくりと身体を起こすと、はらりと落ちた布団から露になる自身の上体。下着さえ身に付けていないうえに、胸元にはご丁寧なほど生々しい昨夜の情事の痕跡である赤い痣《あざ》が散らばっていた。

「——夢じゃ、なかった」

ベッドの隣はそこに人ひとりいたとされるスペースが空いていたが、既にシーツは冷たく、日野が随分前にこの部屋を出て行ったのだということが分かった。

弥生がテーブルの上に置かれたスマホに手を伸ばして時間を確認すると、すでに午前九時。事務所勤務の日野はもう出社している頃だ。

「なんなのあれ?」

日野との行為は悪くなかった。

それどころか、想像以上に良かった。途中から訳が分からなくなってうろ覚えなくらい一方的にイカされ続けて、最後までしたのかそうでないのかはっきりと答えられる自信がない。ただ、身体の奥に残る違和感が、確かに自分たちの間にそういった関係があったことを示している。

「嘘みたいに気持ちよかったんだけど……」

思わず口をついたこの言葉は本心だった。

二十八年生きてきて、片手におさまるほどだが彼氏もいて、それなりの経験があるつもりでいた弥生が初めて味わった快感。相手が変われば内容も変わるということは弥生自身も経験として理解しているが、これまで自分がしてきたセックスとは何だったのかと思うほど、日野との行為は特別だった。

彼は意外にも女性を抱くことに慣れていた。

「セラピーって、あながち冗談でもなかったのかも……」

確かに弥生は癒されたのだ。彼の身体に。

それにしても――なんてことしちゃったんだろう。

関係を持ったことを後悔しているわけではない。多少酔っていたとはいえ、合意の上でのことだ。

ただ前回と違うのは、弥生のほうにも確かな記憶があること。

――これからどんな顔して会えばいいわけ？

昨夜の弥生にはそこまでのことを考える余裕も冷静さもなかった。

「とりあえず、仕事……」

どんなに非日常的なことが起ころうとも、社会人たるもの仕事を放棄することはできない。

弥生はベッドから立ち上がるとシャワーを浴びた。立ち上る湯気の中、流れるお湯が排水溝に吸い込まれていくのをぼんやりと眺めていると、ふいに昨夜の出来事がフラッシュバックする。

耳元で響く心地いい低い声。熱く汗ばんだ逞しい身体。日野は意外にも力強く自分を抱いた。弥生のほうも途中からは訳が分からなくなりながらも、夢中で彼を求め、信じられないほど甘い声を上げた。

「もう……最悪っ！」

あんなふうに乱れるなんて。思い出しただけで恥ずかしくて顔から火が出そうだ。

＊　＊　＊

「ありがとうございました。またのお越しをお待ちしております」

昼営業最後のお客様を見送ったあと、スタッフは閉店の準備に入る。

「高木くん、鈴木さん。照明落として来て。遅くなっちゃったけど、お昼行こう」

「あ、はい」

弥生が後輩たちに指示し、キャッシャーの周りを片付けていると、ふいに後ろの事務所のドアが開いて、中から出て来たのはブライダル課の有賀だった。

「あ、里中さん。お疲れ様」

「お疲れ様です」

相変わらず趣味のいいスーツに身を包み、眩《まぶ》しいほど爽やかな笑顔をこちらに向けてくる。

外は三十度を超える気温だというのに、彼には暑苦しい雰囲気が露ほどもない。

「今日も暑いね。夏バテしてない？」

「はい。なんとか」

「今度、レストランウェディング入ったから宜しくね」

彼の言葉に弥生は「あ、もしかして！」と言うと有賀が嬉《うれ》しそうに頷いた。

「そう。先日下見に来てくれたお客様がレストランの雰囲気を気に入ってくれて、是非にって」

「いつですか？」

「まだ少し先なんだけど、十月の最後の日曜に決まったよ」

「いい時期ですね」

ブライダルの繁忙期は春シーズンの四月から六月と秋シーズンの十月と十一月だ。過ごしやすい気候と比較的天気も安定した十月はブライダルに最適な月だと弥生は思っている。

「いろいろとお願いすることも増えると思うから、頼んだよ」

「はい。ご満足いただけるように精一杯頑張ります！」

披露宴はお客様にとって一生に一度の大切な思い出になることが多い。スタッフにとっても特別だ。このレストランで披露宴をしてよかったと思って頂けるよう、精一杯のおもてなしをしたい。

「それと――これは仕事の話じゃないんだけど。この間僕が言ったこと、少しは考えてくれた？」

有賀が辺りを気にする素振りを見せ、少し声を落とし言葉を続けた。

「連絡先聞いて、いきなりガツガツするのもと思っていたんだけど。もし、迷惑じゃないなら、今度食事でも行かない？」

一瞬言葉に詰まった弥生に、有賀が柔らかく笑い掛けた。

「すぐにどうこうとか思ってないよ。今のところ、お互い職場での顔しか知らないし、食事でもしながら少し話せたらなと思ったんだ。もしかして、それも気が進まない？」

確かにお互いのことはよく知らない。

有賀がどんな人なのかということには弥生も興味はあるし、社内で人気の彼に声を掛けてもらえるだけで光栄なことだ。

聡介と別れ、フリーの身である弥生に有賀の誘いを断る理由などない。

「気が進まないとかではないんですけど……どうして私なのかな、と」

このホテルの女性スタッフは皆レベルが高い。弥生より綺麗な子は大勢いるし、なかには当然フリーの子もいる。

「変なこと聞くんだね。僕は里中さんに興味があるんだ。どんな子なのかって気になる。それじゃ、答えにならない？」

「はぁ……」

確かに、人に興味を持つことが好意の第一歩と言われれば、それもなんとなく頷ける。

「――で？　今のはどっちにとっていいの？　イエス？」

有賀の言葉に、弥生は少し間を空けてから小さく頷いた。

「はい。えと……食事くらいなら。ぜひ」

弥生の言葉に、有賀がほっとしたようにはにかんだ。

――あ、今の顔。ほんの少しきゅんとした。

自分より遥《はる》かに大人な雰囲気をもつ年上男性の不意打ちのはにかみ顔というのは、かなりポイントが高い。

「里中さーん。終わりました。飯行きますか？」

レストランのほうから高木が戻って来た。

「ああ、うん。じゃ、お昼行こう」

弥生が返事を返すと、有賀が弥生にだけ分かるように微笑んだかと思うと、急に声を落として「改めて連絡する」と言い残して爽やかにその場を去って行った。

有賀から誘われた時、なぜかほんの一瞬、日野の顔が頭を掠《かす》めた。

でも、気にする必要なんてないはずだ。昨夜のことは、夢だったとでも思えばいい――そういう約束だった。弥生にとって、日野はただの同僚でありただの隣人。それ以外の何ものでもない。


「平山さん、お疲れ様。休憩、行っておいで」

午後五時。平山の夕方の休憩のため、弥生はラウンジに顔を出した。

「ありがとうございます」

「今日、ラウンジどう？」

「昼過ぎとチェックインのときに少し忙しかったくらいですかね。それじゃ、あとお願いします。Bテーブルはお会計済んでます」

弥生は「了解」と返事をして平山から引き継いだ。

土曜の夕方にしては静まり返ったロビー。フロント前にお客様は多いが、ラウンジに立ち寄る人はなく、皆チェックインを済ませると客室へと向かっていく。

ロビーの様子を何気なく眺めていると、そこへ日野が通り掛かった。

日野はにこやかな笑顔を見せながら、スーツ姿の年配の男性を二階の宴会場のほうへ案内して行く。

お客様の前でならあんなふうに爽やかに笑うんだ――。

落ち着いた紺色のスーツに身を包み、にこやかにお客様をアテンドするその姿は好青年そのものだ。

それから十五分ほどで再び日野が二階からロビーへと戻って来た。階段を降りてくる途中で日野が一瞬こちらを見たが、確実に目が合ったにもかかわらず表情を一切変えることなく弥生の前を通過して行った。

全然普通だ。

夢でもみていたと思えばいいと言った昨夜の日野の言葉を思い出したが、すべてをなかったことにして忘れてしまうことなど難しい。


仕事を終えて着替えを済ませたあと、従業員食堂にある自動販売機で飲み物を買った。蒸し暑い夜はどうしても喉が渇く。

食堂から出ると、ちょうど更衣室の前で奈緒と鉢合わせした。

「奈緒ちゃん、お疲れ。いま上がり？」

「弥生ちゃんも？　あ、せっかくだし、一緒に帰らない？」

「うん。じゃあ、ここで待ってる」

そう答えて弥生は今出て来たばかりの食堂を指差した。通路は蒸し暑いが食堂ならエアコンが効いていて快適だ。食堂で奈緒を待っていると、急に勢いよくドアが開いて、今度は宴会課の筒井友淳《つついともあつ》が顔を出した。

「あれ、里中じゃん。お疲れ」

「お疲れ様。筒井もいま上がり？」

　短い黒髪を手でくしゃくしゃにしながら弥生の向かいの席に座った彼は、奈緒と同じく弥生の同期である。皆そろって宴会部に属し、寮暮らしという接点も多く、弥生にとって二人は同期の中でも特に気が合う仲間で、仕事はもちろんプライベートにおいても互いに何でも話せる仲だ。

「ああ。パーティーが長引いたんだよ。つか、なにしてんの？」

「奈緒ちゃん待ってるの。筒井も一緒に帰る？」

「ああ、いいけど。珍しいな。この時間一緒になるの」

「確かに。いつもは筒井たちのほうが少し早いもんね」

　宴会場のパーティーの類は、遅くても七時には始まり、お開きまでが約二時間。そのあと片づけを済ませても十時を過ぎることは少ない。

「俺、いま十連勤。やっと月曜休みだぜ」

「宴会は予約一杯だもんね、この時期。十連勤はキツイなぁ……私、ちょっと無理かも」

　入社したての頃は今より若かったのもあり、連勤もさほど苦にならなかったが、さすがに最近はキツイと感じる。

「お待たせー！」

　再び勢いよくドアが開いて、奈緒が顔を出した。

「あれ、筒井もいま仕事終わったの？」

「河野は相変わらずテンション高いな」

「明るく快活って言ってくれるかな？」

答えた奈緒の軽い右手チョップが筒井の頭にヒットした。奈緒と筒井はまるでじゃれ合う兄弟のようだ。

「さて、帰るか」

弥生が食堂を出ると、二人がそれに続いた。弥生と奈緒は自転車、筒井は原付通勤で、皆揃《そろ》って駐輪場まで移動する。

「弥生ちゃん。あれから聡介さん、どうなった？」

自転車を引きながら奈緒が訊ねた。

「実は、この間部屋まで来たんだよね。いつまでもグダグダするのも嫌だから覚悟決めて直接会ったの。そしたら、衝撃的！　浮気相手の妊娠が嘘だったからやり直したいとか言うんだよ。信じられる⁉」

話を聞いていた筒井が眉を動かした。筒井も奈緒と同様、聡介とのことを知っている。

「は⁉　それでどうしたんだよ」

「どうしたもこうしたも。嘘だったとしても、聡介が騙されていたんだとしても、彼が浮気してたって事実は変わらないし。子供できたって言われて信じるようなことしてたわけでしょう？　やっぱり許せないって——」

「完全に別れたってことか？」

「うん。ついでに言いたいことも言ってやったしね」

弥生がアハハと笑うと、奈緒と筒井が顔を見合わせた。

「里中、大丈夫か？」

「大丈夫だって！　むしろすっきりしてるの」

一昨日は結構泣いたけど。聡介が別れを切り出して来たときには、気持ちが動転してて言えなかったこともちゃんと言えた。たくさん泣いて、我慢してたものを全部吐き出した。

すべてを受け止めてくれた日野には感謝しなければいけない。

「ならいいけど。今度気晴らしにパーッと飲もうぜ」

「いいね！　労ってね？　私、傷心だから」

「分かった。俺らが奢《おご》ってやるし！　店、どこにする？　里中決めていいから」

「やった！」

弥生が明るくガッツポーズをすると、二人がほっとしたように顔を見合わせて笑った。

ふと見上げた夜空に星が瞬いている。今夜は星がとても綺麗だ。


寮に着くと、隣の日野の部屋から明かりが漏れていた。

勢いよくドアを開けて部屋に入ると、昼間の熱気がこの時間になってもまだ残っていた。窓を開けて部屋の空気を入れ替えると、その足でバスルームに行きシャワーを浴びた。

バスルームから出るとキッチンに直行し、冷蔵庫からお茶を取り出す。グラスに注いでお茶を一気に飲み干すと「ぷはぁ」と品のない声が出た。

弥生がサンダルを履いてバルコニーに出ると、隣の日野も窓を開けているのか小さな物音が聞こえた。

そのとき、突然日野の盛大なくしゃみが聞こえてきて、弥生は思わず吹き出した。

「豪快だなぁ……」

小さく呟くと隣の部屋の窓が開く音がして、いつものボサボサ頭に黒縁眼鏡の日野がバルコニーからこちらを覗いている。バルコニーは隣り合った二部屋が繋がった作りになっており、弥生の部屋と日野の部屋のバルコニーは仕切り一つで区切られているだけだ。

「なにしてんすか」

「涼んでるの。日野くんのくしゃみ豪快でびっくりしたよ」

そう言ってから弥生は思った。あ、意外と自然に話せてる。

「いやいや。里中さんのくしゃみも相当ですけどね」

「は？　してないし、くしゃみなんて」

「や。今じゃなくて。たまに壁越しに聞こえてきます、すごいの」

日野の言葉に、確かにしてるかもと納得した。

一昨日の夜のことには触れなかった。変に意識してギクシャクするのも嫌だと思ったからだ。

「――少しはラクになりました？」

そう日野に訊《き》かれて弥生は日野の顔を凝視した。

それ、いま言う？　夢でも見たと思って――って言ったのそっちだよね⁉

気持ちがもろ表情に出ていたのだろう。弥生の顔を見ていた日野が堪えきれないといったように吹き出した。

「いや、ウケる。想像通りの反応で」

「忘れちゃえばいいって言ったの日野くんじゃない！　どうして余計なこと聞くのよ」

「べつに、単なる興味ですよ。実際どうだったのかと思って。少しは気になるじゃないですか」

そんな日野の言葉に、弥生は思い出さなくてもいいことを思い出してしまったからか、急に頬が熱を持つのを感じた。

「俺は――やっぱりよく眠れましたよ。里中さんと一緒だと」

「え？」

「ただ隣に寝るだけでも、そうでなくても」

そうだ、日野の本来の目的を忘れていた。彼がおかしな要求をしてくるのは彼の不眠解消のためだった。

なぜ、日野があんな提案をしてきたのか。そんなの、単に添い寝のチャンスを増やしたかったからだ。と、急に彼の行動が腑《ふ》に落ちた。

「そもそも……日野くんの、その不眠の原因はなんなの？　思い当たることとかはないの？」

弥生が訊ねると、日野が「思い当たることはあります」と答えた。

「けど——原因が分かってるからって、自分でどうにかできるわけでもないんですよ。薬に頼れば多少はマシになるけど、根本的な解決には至らない。いろいろ試してみた結果、たまたま里中さんとなら眠れるってことが分かっただけで」

「それ、ホントに私？　偶然じゃないの？」

「三度もあれば、それは偶然じゃないでしょう？　俺だってどうして里中さんなんだって思ってはいます」

自分でなければと言われるとそれを訝《いぶか》しむ気持ちが湧くが、本人になぜあんたなのだと言われると地味に傷つくのはなぜだろうか。

「必要ならまた身体貸しますよ。俺の身体が里中さんの役に立つなら、ある意味ウィンウィンの関係になれますからね」

「ウィンウィン？」

「俺はセックスするにしろしないにしろ、不眠解消のために里中さんと寝たい。里中さんも理由はどうあれ俺と寝たいと思ってくれればその関係は対等じゃないですか」

しれっととんでもないことを言い放った日野に弥生は思わずぽかんとする。

「はぁあ⁉」

「身体の相性は悪くなかったと思うんです。里中さん、気持ちよさそうに何度もイってましたし」

「──ちょっ！　な、なんてこと口にするの、バカ」

確かに、日野とのセックスは良かった。相性という意味でもたぶん──だけれども！

そうそう何度も好きでもない男に抱かれて堪るか。

「信じられない！　二度とナイから！」

「まぁ、そっちはいいですけど。添い寝のほうは約束守ってくださいよ」

日野に念を押すように言われて弥生はわなわなと震えながら唇を噛《か》んだ。

「知らないわよ！」

そう言って弥生がピシャンと窓を閉めて部屋に戻ると、窓越しに日野の押し殺したような笑い声が聞こえた。

「最悪……」

なんで私、こんな年下の男にいいように遊ばれてるんだろう。

5　振り返らずに、立ち止まらずに

久しぶりの休日に、弥生は同じ市内にある実家に帰っていた。

弥生が実家を出たのは、オリエンタルホテルに就職した七年前のことだ。

実家から職場への通勤はもちろん可能であったが、寮のほうが街中で交通のアクセスも良かったことと、親元を離れ自立したかったというのが職場の寮に入った理由だ。

実家には五つ年上の兄がいて、既に結婚し、両親と同居している。弥生の就職が決まった頃にちょうど兄夫婦が子供を授かり、その姪《めい》もこの春から小学生となった。

兄嫁との関係も良好で、たまに帰る家はとても居心地がよく、可愛い姪に癒されて幸せなことこの上なく、弥生にとっていい息抜きの時間となっている。

家族揃《そろ》って夕食を楽しみ、兄に車で寮の前まで送ってもらい、走り去って行く兄の車に手を振った。

三階まで階段を昇り切ったところではっとして足を止めたのは、弥生の部屋の前で腕組みをしながらドアに寄り掛かっている聡介の姿に気付いたからだ。

「――なんで？」

弥生の気持ちははっきりと聡介に伝えたはずだ。一体、どういうつもりだろう。

「聡介、ここでなにしてるの？　いい加減にしてよ」

これ以上幻滅させないで……引き際くらいわきまえてほしい。

「弥生。俺、無理だよ。おまえと別れるなんて……」

聡介が弥生の腕を摑《つか》んだが、弥生はその手を思い切り跳ねのけた。

「もう、話すことなんてない。戻ったりもしない。私だって無理だよ……聡介のこと許すなんて！」

弥生は聡介を睨《にら》みつけたまま、部屋の前に立ち鍵を開けた。

「聡介とやり直すなんてできない。だから、もう帰って」

そう冷たく言い放ち、ドアを開けて部屋に入ろうとすると、閉めようとしたドアの隙間に聡介の肩が入り込んだ。

「ちょ……！　なにしてるの、入って来ないで！」

手のひらで聡介の肩を押し返したが、元々体格のいい聡介は弥生程度の力ではびくともしない。それればかりか、ドアの隙間から聡介がそのがっちりとした身体を使って半ば強引に弥生の部屋に入り込んできた。

「帰ってって言ってるでしょ！」

「嫌だ」

聡介が弥生の腕を摑んで、玄関の壁に弥生の身体を押し付ける。

「──痛っ」

押さえつけられてほとんど身動きが取れないが、それでも聡介から逃れようと弥生は必死の抵抗を試みた。

「弥生。やり直そう？」

聡介の手が弥生の顎を摑んだ。壁に押し付けられ、固定されたままの弥生の目の前に聡介の顔がゆっくりと近づく。

「……嫌」

咄嗟《とっさ》に顔を背けようとしたが、聡介の腕の力は強く、弥生の抵抗など到底敵わない。

「好きなんだよ……」

そう言った聡介の唇が弥生の唇を覆いつくした。強引に弥生の唇を奪った聡介の舌が弥生の口内を侵していく。

「──んっ、ふ」

ほんの少し前まで、彼のキスは弥生のすべてを蕩《とろ》けさせた。彼のことが好きで、彼が欲しくて欲しくて──なのに、今はそのキスに嫌悪感しか覚えない。

心が離れるってこういうことなんだと実感した。気持ちが彼を拒絶してしまったら、何も感じない。好きだったはずの彼の息遣いも、体温も、もう二度と弥生をときめかせることはないのだ。

──嫌だ！

「弥生」

唇を離した聡介が、弥生を見つめた。弥生は荒くなった呼吸を整え、彼を思い切り睨みつけた。

「やめて……」

聡介は尚も弥生の身体を拘束し続ける。

「放してってば！」

「嫌だよ」

弥生は渾身《こんしん》の力を振り絞って、足で聡介の股を蹴り上げようとしたが、背の高い聡介と弥生には身長差があり過ぎて思うように膝が届かなかった。

「無駄だよ。弥生の力じゃ、俺に敵うわけない」

聡介が弥生を見つめたまま、さらに弥生を壁に追い詰めた。聡介の手が弥生の太腿《ふともも》を撫《な》で、そのままスカートをたくし上げる。

「嫌だって……言ってるでしょっ‼」

今度は聡介の脛《すね》をヒールの踵《かかと》で力いっぱい蹴った。

「——痛っ！」

少しはダメージを与えられたのか、膝の力が抜けたようにうずくまる聡介を押しのけ、弥生は部屋の外に逃げた。

それから、藁《わら》にも縋《すが》る思いで隣の部屋のドアを何度も叩《たた》く。部屋の明かりは点いていた。この時間なら日野が部屋にいる可能性が高い。

「――日野くんっ！　たすけてっ……」

必死にドアを叩き「お願い……」と呟《つぶや》くと、部屋の中から物音が聞こえ、日野の部屋のドアが開いた。

「里中さん？」

何事かと驚いた顔で外に出て来た日野の背中に隠れると、立ち上がった聡介が弥生を追って外に出て来た。

「なんだよ、おまえ」

聡介が日野を睨みつけるのを、弥生は日野の背中越しに見つめた。

「そっちこそ、なんですか」

そう答えた日野が弥生を振り返った瞬間、弥生は目で必死に日野に訴えた。

恐怖に震える手、乱れて額に張り付いたままの髪、着崩れた服に裸足のままの足。弥生を凝視した日野の眉が一瞬動き、再び聡介に向き直った。

「里中さんに、なにしたんですか」

「関係ないだろう？　部外者に説明する筋合いはない」

「確かに部外者ですけど――嫌がってる女性に力づくでなにかしようなんて奴、さすがに見過ごせないです」

日野が低い声で言った。

「それにあんた……里中さんと別れてんだろ？　いいかげん諦めろよ、何度も何度もこんなとこまで押しかけて、まるでストーカーだな」

日野の言葉に反応した聡介が明らかに怒りをあらわにしている。

「おまえ、弥生のなんだ？」

「ただの同僚ですよ。——でも、彼女が身の危険を感じて俺に助けを求めたんなら、俺はそれを助ける。それだけですよ」

弥生は日野の背中に隠れるようにしながら、前に立つ彼のシャツの裾をぎゅっと握りしめた。どうにかしなきゃと思うのに、身体が震えて動かない。

対峙《たいじ》する二人の身長差は十センチ近い。体格差もかなりある。けれど弥生には、自分の目の前に立つ日野の背中がやけに大きく見えた。

「——弥生を返せよ」

聡介が腕を伸ばして日野に摑みかかった。その反動で弥生の身体も押され思わず「ひゃっ」と声を上げた。聡介は体格もいいが、小さい頃から護身術を習っていたとかで、その腕っぷしもなかなかのものだ。

聡介が拳を構えたのを見て、弥生は思わず「日野くん、あぶな……」と声を上げ、恐怖のあまり目を閉じた。

ドスン！　と鈍い大きな音がして弥生が目を開けると、想定外の光景があった。

頰を抑えコンクリートの床に倒れ込む聡介と、ほんの少し呼吸を乱しただけで冷静に聡介を見下ろす日野の姿に驚いて、弥生はその場に立ち尽くした。

「――えっ？」

思わず間抜けな声が漏れ、日野が弥生を振り返った。

「すみません、久々過ぎてちょっと力加減を間違えたかも」

「嘘《うそ》……」

日野が握りしめた拳にはっと息を吹きかけ、気まずそうに表情を歪《ゆが》めた。

体格のいい聡介を拳一発で倒してしまうって――。

日野の細く引き締まった身体と、腕っぷしのギャップに弥生は心底驚いた。ただ啞然《あぜん》としながら、背筋を伸ばして立つ日野と床に倒れ込んだままの聡介を見比べる。

「まだ帰る気がないなら、警察呼びますよ」

日野が言うと、聡介がよろよろと立ち上がった。

「強姦未遂《ごうかんみすい》？　ストーカー？　俺、証言してもいいですよ。警察沙汰とか、さすがにまずいですよね。職場にも連絡が行くだろうし」

日野の言葉に、聡介が拳を握りしめながら唇を嚙《か》んだ。

「二度と里中さんに近づかないって約束すれば、通報はしませんよ。俺も、同僚の元交際相手を犯罪者にはしたくはないですから」

まるでとどめを刺すようなその言葉に、さすがに聡介も顔色を変えた。

「――っ！　クソ」

聡介が悔しそうに寮の廊下の壁をゴツンと拳で殴る。

「里中さんも、それでいいですか？　他に言いたいことがあるなら最後なんでキッチリ言っておいたほうがいいですよ」

日野に言われて、弥生は彼の背中越しに聡介を見つめた。そしてそっと日野の背中から離れると、ゆっくりと聡介に近づいた。

弥生が歩み寄ると、聡介が弥生を見つめた。殴られた頰、唇に滲《にじ》む血。握られたままの拳が赤く痛々しい。

「聡介。ごめんね、もうやり直せない。聡介と付き合ってた三年間、私、幸せだったよ。だから、これ以上幻滅させないで。聡介は聡介で……また新しい人見つけて幸せになって——ね？」

明るくて、面倒見がよくて、いつも弥生を勇気づけてくれた。酷い裏切りを受けたけれど、ずっと好きだった人だ。やはり心の底から憎み切れるものじゃない。弥生とはダメになったが、他の誰かとならきっと違う幸せな未来が描けるはずだ。

「弥生……」

聡介がくしゃっと顔を歪めた。弥生はそんな聡介の手をそっと握った。

この手が好きだった。大きくて温かくて、いつも弥生を優しく包んでくれたこの手が好きだった。

「約束ね。ちゃんと幸せになって。私も幸せになる、聡介に負けないくらいに」

弥生が言うと、聡介は少し困ったような顔をしてから柔らかく微笑んだ。

ああ、これだ。私が好きだった彼の笑顔。ようやく冷静さを取り戻した聡介の姿に弥生はほっとした。

「――いろいろ、悪かった」

「うん……」

聡介の言葉に、弥生は大きく頷《うなず》いた。

ゆっくりと階段を降りていく聡介の背中を弥生は黙って見送った。彼の大きな背中が今は少しだけ小さく見える。

――今度こそ、信じていいよね。きっと聡介も分かってくれたはずだ。

振り返ると、日野がやれやれといったように小さく息を吐き出した。

「あの、お騒がせしました。それから……いろいろとありがとうございました」

弥生が慌てて日野に頭を下げると、日野が大きな溜息《ためいき》をついた。

「――ったく、勘弁してくださいよ。なんだって俺が……」

日野が頭を掻《か》きながら、ずり落ちた眼鏡を指でそっと押し戻す。

「本当、ごめんなさいっ！」

ここは平謝りするしかない。関係のない日野を巻き込んで迷惑を掛けて、悪いのはどう考えたって弥生のほうだ。

「どんなに好きだった彼氏か知らないですけど、なりふり構っていられないとこまで追い詰められたら人間なにするか分かんないもんなんです。何度も部屋に押し掛けられて——そういうの分かってたんじゃなかったんですか？」

日野が見たことがないような険しい顔で言った。

「……すみません」

俯《うつむ》いたまま弥生は頭を下げた。日野の言う通りだ、何を言われても仕方ない。

すると日野の手がそっと伸びて、弥生の頭をポンポンと叩いた。

「まぁ、良かったですね。元カレさん、今度こそ分かってくれたみたいで」

「あ……うん」

弥生が頷くと、日野の手が今度は弥生の頬に伸びて、そのまま口元を親指で拭った。

「酷い顔」

そう言った日野がふっと笑った。眼鏡越しの彼の目は少し厳しかったけれど、怒っているふうではなかった。そんな彼の目に、温かな手に、弥生はなぜが妙にほっとしたのだった。

その時、急に膝の力が抜けて弥生はそのままへなへなと床に座り込んでしまった。

「……ちょ！　急にどうしたんですか」

「や。ほっとしたら力抜けちゃって……」

弥生が答えると、心配そうに目線を合わるようにしゃがみ込んだ日野が小さく吹き出した。

「今更⁉」

「こういうの、後で来るの！」

聡介に抵抗するために渾身の力を振り絞り、普段使わないような筋肉をフル稼働させたあとだ。そういうツケが少し時間を空けて回ってくることもある。

「はは。ウケる」

助けてもらったのに。救われて感謝しているはずなのに、なんだか無性に腹が立ってくるのは気のせいだろうか。

ははっ、と目の前で笑う日野の手の甲が少し赤く腫れているのは、きっと聡介を殴ったからだ。

「――腫れてる」

弥生がそっと日野の手に触れると、彼が「たいしたことない」と慌てて手を引っ込めた。

弥生はゆっくりと立ち上がり、再び日野の手を取ると、無理矢理彼を立ち上がらせて、その手を引いたまま自分の部屋へと引っ張り込んだ。

「ちょっと、そこにいて」

玄関先に日野を残したまま部屋に入った弥生は、勢いよくクローゼットを開けると、救急箱を探し当て、箱から冷却シートを取り出して玄関に戻った。

「右手、出して」

「は？」

「いいから、早く」

少しきつい口調で言うと、日野が渋々手を差し出した。弥生は手の甲に冷却シートを貼り付けて軽くテープで固定して、シートの上から彼の手をペシッと叩いた。

「——痛って！」

「なにもしないよりマシでしょう。——ありがとう、本当に」

そう感謝を込めて礼を言うと「なんか、素直で気持ち悪い」と日野が気味悪そうに眉を寄せた。

「チッ。失礼な奴ね。人が素直にお礼言ってるのに」

「舌打ちしながら、お礼言う人います？」

「うるさいわ」

結局こうなってしまう、私たち。

「お大事に」

そう言ってもう一度冷却シートの上から彼の手の甲を軽く叩くと、日野が片目を瞑《つぶ》って顔を歪めた。

「あ。ごめ……そんなに痛かった？」

ちょっとした冗談のつもりだったのだが、彼は人一人殴っているのだ。その手が痛まないわけがないと恐る恐る彼の顔を覗《のぞ》き込むと、小さく口の端を上げた日野が反対の手で弥生の首の後ろに腕をまわした。

「え」

引き寄せられた顔は、日野の顔のすぐ目の前で止まり、弥生が驚いて瞬きを繰り返している間に彼の唇がそっと弥生の唇を塞いだ。

しばらくして唇を離した日野の目が黒縁の眼鏡のレンズ越しに悪戯に微笑んだ。

「——な、っ？　なにしてんの⁉」

「叩かれた仕返しです」

「し、仕返しにキスするとか……」

弥生が思いきり抗議をすると、日野が呆《あき》れたように息を吐いた。

「は？　今更でしょ。もっといやらしいことしてる仲なのに」

「だ、だからって！　なんでキスすんの！」

「なんとなく。したくなったから」

飄々《ひょうひょう》と答えた日野が「これ、どうも」と冷却シートの貼られた右手を軽く掲げて玄関のドアに手を掛けた。

そして「おやすみなさい」と言うと、まるで何事もなかったかのように弥生の部屋を出て行った。

「……な、なんなの？」

本当に謎が多い男だ。

突然訳の分からない添い寝を要求してきたり、職場とプライベートではどこか別人のようだったり。意地悪なのかと思えば優しかったり、セックスが上手かったり、喧嘩《けんか》が強かったり。

「意味、分かんない」

唇に残る熱。不意打ちでされたキスは、思いのほか弥生の鼓動を早くし、心を乱した。

壁を背にしたまま弥生はずるずるとその場に座り込んだ。

＊　＊　＊

本格的な夏休みを迎えた八月。ここ最近、宿泊稼働率はうなぎ登りだ。それに伴いレストランの稼働率も上がり、特に夜の営業は連日予約で満席だ。

毎日忙しい日が続き、残業時間も溜まっていく一方だが、繁忙期はそれも仕方がない。寮には寝に帰る程度。たまの休みも寮から出る気がしないが、一人暮らしとなると必要最低限の生活用品は買いに出なければならない。

忙しさにかまけて放置気味だった部屋を片付け、少し涼しくなった夕方から買い物に出た。

弥生が買い物を終えて寮に戻って来たのは辺りが薄暗くなり始めた午後七時頃だった。

自転車を駐輪場に停めて荷物を両手に階段に向かうと、その階段の向こうに日野と見知らぬ髪の長い女性が一緒にいるところを目撃し、弥生は思わず階段の陰に身を隠した。

「誰だろう……」

日野と一緒にいる女性は、日野とさほど歳が変わらない若くて可愛らしい雰囲気の女性だった。

少し距離がある為、二人が何を話しているかまでは分からないが、距離感から二人がある程度の親しい関係であることは察しがついた。

女性のほうが日野に詰め寄るような態度で、日野はそれを宥《なだ》めているという感じにも見える。トラブルだろうかと思ったが、関係ない自分が二人の中に割って入って口を挟むことでもない。

弥生がそっと二人の様子を窺《うかが》っていると、今度はちょうど二人の父親ほどの年齢の男性が近づいて来て、日野とその女性を引き剝がした。

「放してパパ！　朝陽、待って！　話聞いて」

「吉乃《よしの》いい加減にしなさい！　これ以上、朝陽くんを困らせるんじゃない！」

女性の父親であると思われる男性が強引に二人を引き剝がしたかと思うと、日野に頭を下げるようにしながら娘の手を半ば引き摺《ず》るように引き、寮から遠ざかって行く。

「朝陽……！」

遠ざかっても尚、日野を呼び続ける女性の悲痛な声。

日野は女性を追い掛けることもなく、ただ拳を握りしめたままその場に立ち尽くしていた姿が妙に印象的だった。

6　胸のつかえと新たな恋

弥生が部屋に戻ってしばらくして、日野も自分の部屋に戻って来たようだった。

日野を「朝陽」と名前で呼んでいた女性。二人がどんな関係なのかは分からないが、日野に親しげな女性の存在があったことに、弥生は少なからずショックを受けていた。

「なんだったんだろう、さっきの……」

見てはいけないものを見てしまったような気がして、申し訳ないような気持ちになったが、二人のやり取りを見たあとから胸の奥が重苦しいのが続いていることのほうが気になった。

——彼女、とか？　いや、確かいないって言ってたよね。てことは、元カノ？

二人の間に、何かあったのだろうか？

弥生は部屋に帰って来てからずっと、日野と女性の関係を気にしている。

その時、スマホからSNSメッセージの受信音がした。弥生がスマホを手に取ると、メッセージはまさにその日野からだった。

「え？　なに……」

例の要求を弥生が承知したときに、念のため連絡先を教え合ったが、日野が弥生に連絡してくるのは初めてのことだ。

【例の約束。急ですけど、今夜は都合悪いですか？】

表示されたメッセージを見て、弥生はどう返事をするか迷った。

さっきの日野と彼女のただならぬ様子を見た後で、なぜか動揺している自分に日野の要求を受け入れられるだけの心の余裕がなかった。

故意ではないが、弥生には二人のやりとりを盗み聞きしてしまった罪悪感もある。

――いろいろ気になるけど、聞くに聞けないし。

【今日は、無理】

弥生は結局、用件のみのそっけない返事を返して息を吐いた。

「ますます分かんない。日野くんがなに考えてるのか……」

そう声に出して呟《つぶや》いてから、弥生はスマホの画面を伏せて見ないようにして、普段より早い時間に眠りについた。

＊　　＊　　＊

「ごめんね、お待たせ。電話、長引いちゃって」

そう言って背後からやって来た有賀が、弥生の目の前に座った。

弥生はいま有賀と食事デートの真っ最中だ。弥生の仕事が終わるのを待って、有賀が職場の近くまで迎えに来てくれた。

落ち着いた色の照明と内装の店内。テーブルの上で小さなキャンドルが灯っている。

休日のラフな私服姿の有賀もやはり素敵で、周りの席の女性たちの視線が彼に向けられているのが分かる。

「コーヒー飲んだら出ようか」

彼が微笑みながらカップに口を付けた。見た目の格好良さもさることながら、さり気ない所作さえも綺麗《きれい》だ。

「どうかした？」

「あ、いえ。なんでも……」

恥ずかしい。いま、普通に彼に見惚《みと》れてしまっていた。

有賀は弥生より七つ年上の三十五歳。エスコートも気遣いも実にスマートで、弥生はそんな雰囲気に慣れずに一人でドキドキしていた。

「このあと、どうする？　もし里中さんさえよければ、もう少し一緒にいられたらって思うんだけど……」

時刻は午後九時半を少し回ったところだ。明日は休みだし、少しくらい遅くなっても弥生のほうに支障はない。

「はい。私も大丈夫です。どこに行きましょうか？」

「そうだね。とりあえず、歩きながら考えよう」

店を出て、人が行き交う賑《にぎ》やかな繁華街を有賀と並んで歩く。男の人と改めてデートをするなんてこと自体随分久しぶりだ。

「渡っちゃおうか」

有賀が弥生を促した。目の前の横断歩道の信号機の青色が点滅している。

「ねぇ、里中さん。プラネタリウム好き？　よかったら行ってみない？」

「プラネタリウム……ですか？」

「そこのタワーでやってるんだって。期間限定なんだけど」

有賀が指差した先は、二十年ほど前に建てられたこの町のシンボルタワー。このタワーには高級ホテルや商業施設、オフィスなどが多く入っていて、今でも人気施設として賑わっている。

「いいですね！」

プラネタリウムなんて、子供の頃、市内の科学館で見たことがある程度だ。

「良かった。デートに誘ったはいいけど、女の子が喜びそうな洒落《しゃれ》た場所とか知らなくて。実はこれ、お客さんに教えてもらったんだよね」

有賀の言葉は弥生にとって意外なものだった。イケメンで女性にもモテる有賀なら、女性を喜ばせる店やデートスポットには人より詳しいのではないかと思っていたからだ。

ところが、会場である最上階までやって来た弥生たちははっとして足を止めた。

プラネタリウム会場の扉はすでに閉じていて、電気も消えている。扉前の案内板を見ると開催時間が午後九時までとなっていた。

「うわ、ごめん……！　時間調べておけばよかった。カッコ悪……」

有賀が申し訳なさそうにくしゃくしゃと髪をかき上げた。

「いえ、全然！　私なんてイベントやってることも知らなかったですし、まして営業時間なんて……」

弥生の言葉に有賀が少しはにかみながら顔を上げた。けれど、彼のこういった顔を見られたのは思わぬ収穫かもしれない。

「私、逆に得しちゃいましたね」

「え？」

「有賀さんでもそういう顔するんだな、って。いつも余裕で大人の男の人って雰囲気の有賀さんしか見たことなかったんでちょっと新鮮です。もちろん、いい意味でですよ」

弥生の言葉に、有賀がますますはにかんだ。

「また来ませんか？　今度は時間に間に合うように」

「……そうだね、また」

そう答えた有賀がはっとしたように弥生を見た。

「え？　それってまた僕とデートしてくれるってこと？」

弥生は素直に頷《うなず》いた。

だって――こんな顔をする彼を知ってしまったら、職場では決して見せないような顔がまだまだあるんじゃないかと彼に対しての興味が湧く。

「会社では見れない有賀さん、もっと見てみたい気がします」

その言葉は弥生の本音でもあった。

瞬間、有賀の表情がくしゃっと緩んだ。ほっとしたような顔は、いつもの涼しい顔をした彼よりずっと人間味に溢《あふ》れていて魅力的に映った。

「ははっ、よかった。こういうの怪我の功名って言うのかな」

「えー？　なんですか、それ！」

弥生は有賀と顔を見合わせて小さく吹き出した。弥生にとっては、今日一番ふわりと心が解れた瞬間だった。

正直、始めの店では初デートの緊張で、美味しいはずの食事も味が分からなかった。初めて行った店だったというのもあるが、とにかく目の前に座る有賀が弥生の目には眩《まぶ》しく映って、食事がほとんど喉を通らなかったのだ。

「行きましょうか」

胸の奥に、微かにくすぐったい感情が芽生えた。

もしかしたら、彼を好きになれるかもしれない。

「せっかくなんで、ここのホテルのバーでも寄って帰りません？　私、一度行ってみたかったんです」

「ああ、そうだね。里中さんにとっては興味深いだろうね」

有賀は弥生の意図を分かってくれているようだ。特にこのタワーに入っているホテルは、格式の高い有名ホテルだ。どんな感じなのか見てみたいという興味が湧くのは同業者としては当然だ。

「行こう、僕も興味ある」

そう言って笑った有賀のあとを、弥生は急いで追い掛けた。

「初めてだからドキドキする」

「確かにハイクラスホテルのバーって、うちみたいな小さなシティーホテルと違って敷居も高いしね」

「そうなんです！　有賀さんみたいな大人な人と一緒じゃないとなんだか浮いちゃう気がして」

「はは。僕のどこが大人？　全然だよ」

「大人ですよ」

良かった。自然体で話せている。先程のハプニングが却ってよかったのかもしれない。年上の有賀に合わせなければ、という変な気負いが消えたみたいだ。

ホテルの二階にあるバーで一時間ほど飲んだ。慣れない場所という点では食事のときと変わらないはずなのに、随分リラックスして彼と話が出来たように思う。

時間を掛けて話をすると有賀の人柄も少しずつ分かってくる。彼は話題も豊富で、人を楽しませることにも長けている。有賀がルックスだけで人を惹《ひ》きつけているわけじゃないということも理解できる。

もし本当に彼のような素敵な人に好意を持たれているのだとしたら、幸せなことなのかもしれないと弥生は思った。

バーを出てロビーに続くエスカレーターに乗ると、はずみでバランスを崩した弥生の腕を有賀が支えた。

「大丈夫？」

「すみません。ちょっと足がもつれて……」

「飲むとあるよね。女の子はヒール履いてるから余計に大変だ」

そう言って笑った有賀の手は、弥生の腕を摑《つか》んだままだ。その手がゆっくりと下におりて彼の手のひらが弥生の手のひらに重なった。

「……調子に乗り過ぎかな？」

有賀が手を重ねたまま静かに訊《たず》ねた。

「いえ。そんなことないです」

弥生はそう返事をして、彼の手をそっと握り返した。

「このまま、寮の近くまで送るよ」

有賀の手は温かかった。

悪くない。こんなふうに胸がぎゅっとする感覚は久しぶりだった。

この人となら、踏み出せるだろうか。今すぐにとはいかなくても、少しずつ前を向いて歩き出せるだろうか。

そんなことを考えながら、有賀と手を繋《つな》いだまま夜道を歩いた。街路樹の植え込みの辺りから虫の鳴き声が聞こえる。

こうして、少しずつ馴染《なじ》んでいくのかもしれない。聡介とは違う横顔に。

＊　＊　＊

外で蟬《せみ》の大合唱が聞こえる八月。耳をつんざくような鳴き声は夏の暑さを増幅させる。

「夕方だっていうのに、この暑さなんなの⁉」

弥生の部屋で、奈緒が額に汗をかきながら餃子《ぎょうざ》の皮に具を包んでいる。

「じゃあ、エアコン入れたら？」

弥生の言葉に筒井が黙ったままリモコンを手に取り、電源を入れた。

「ほら、二人とも手が止まってる！　サクサク包んでよね。まだまだ残ってるんだから」

弥生の言葉に、奈緒と筒井が同時に頰を膨らませてこちらを見たが、怒ってやりたいのはこちらのほうだ。

「だいたいさ。二人で奢《おご》ってくれるって話だったのに、どうしてうちで餃子パーティーに変更になってんの？」

　今日は弥生の失恋慰労会——という名の飲み会のはずだった。弥生が店を選び、二人が奢ってくれるという話だったはずなのに、いつの間にか弥生の部屋での家飲みに変更になってしまっていた。

「家飲みのほうが愚痴とか言いやすいだろ？　周り気にしなくていいしさ」

「私は外で飲みたかった！　ちょっと筒井、包むの下手！」

「はぁあ⁉　んなことないだろー？」

「具、はみ出てるじゃない。だいたい家で作ればいいとか言ったの筒井だからね」

　口では文句を言いながらも、こうして仲のいい同期で集まって賑やかに過ごすのは楽しいものだ。

　まだ夏の繁忙期とはいえ、珍しく三人の都合がついた貴重な一日だ。

「二人ともペース上げて。日が暮れちゃうよ」

　弥生はてきぱきと手を動かしながら二人に言った。

　最初に餃子が食べたいといったのは弥生だが、まさか自分で作る羽目になるとは思ってもみなかった。料理は嫌いではないし、結果よかったのだが「皆で作ればいい」と言った二人があまり使い物にならないというこの現状に少々溜息《ためいき》が漏れるのは許して欲しい。

　ボウルの中にはまだかなりの量の具が残っている。皮は大量に用意してあるが、このペースでは全部包み終わるのはいつになるのだろう。

「なぁ、もっと人手欲しくねぇ？　つか、量も相当だし食べきれないだろ」

「余ったら冷凍するつもりだけどね」

弥生が答えると、奈緒が手を動かしたまま何か思いついたように弥生を見つめた。

「ねぇ、弥生ちゃん。今日土曜でしょ。隣、いないの？」

隣とはもちろん日野のことだ。奈緒は弥生と日野が隣同士であるということを知っているが、それを知らない筒井はきょとんとした顔をしている。

「どうかな。休みだと思うけど、出掛けてるかもよ？」

「いいじゃん！　聞いてみようよ、ダメ元で！　人手あれば助かるし、消費も増えるし楽しいし、いいことづくしじゃない？」

奈緒が楽しそうに言った。

「なぁ？　隣って？　なんの話だよ」

「予約の日野くん。隣の部屋なんだって。最近仲いいの、この二人」

「べつに、仲良くはないよ。ちょっと話すようになったってだけで」

「マジか。じゃあ、呼ぼうぜ。人数多いほうが楽しいし！」

そう言った筒井が、さっそくとばかりに立ち上がった。

「えっ、本気⁉」

「なんだよ、不都合でもあんのか？」

「や。ないけども」

この場に日野を呼ぶのが嫌だというわけじゃない。ただ、ちょっと会いづらい。そんな事情を二人が知るはずもない。

「俺、行って来る。日野の部屋どっちだよ？」

「あ、待って。私も行く！」

弥生は苦笑いを返しつつ、左隣の部屋を指さした。

日野が本当に部屋にいたら、ある意味可哀そうな気もする。突然のあの二人のテンションに圧倒されてしまうことだろう。二人が出て行ったあと耳を澄ませていると、壁越しに話し声が聞こえてきた。どうやら日野が部屋にいたようだ。

「かわいそうに……」

強引な二人の誘いに戸惑う日野の姿を想像して思わず笑ってしまった。

そうしているうちに玄関のドアが開き、奈緒たちが戻って来た。

「確保成功！」

筒井に半ば引き摺《ず》られるようにして部屋に入って来た日野がげんなりとした表情を弥生に見せた。

「……ども」

「餃子パーティーにようこそ」

弥生の言葉に、日野がはは……と力ない苦笑いを返した。

「おい、日野。さっそくだが、これ全部包め」

手招きをした筒井の元に日野が近づいた。

「え、これ全部ですか？」

「包み終わるまで食えないからな」

筒井が言うと、日野が大きな溜息をついた。――が、実際一番器用で大きな戦力となったのは日野だった。筒井はもちろん、奈緒よりも器用な手つきで次々と具を包んでいく。

「へぇー、上手いね」

弥生が言うと、日野はチラと弥生を見ただけで黙々と餃子を包んでいく。

「なんで、餃子なんですか？」

「私が食べたかったから！　文句ある？」

「ないですけど」

手先の器用な人員が一人増えただけで、その作業効率は格段にアップした。ものの数十分でボウルの中に山になっていた具が減って行く。

「やるなぁ、日野！」

「はぁ、どうも」

日野は相変わらずテンション高めの筒井と奈緒に押され気味だ。

休日に突然部屋に押し掛けられ、いきなり拉致されたのだ、無理もない。しかも奈緒や筒井とは弥生以上に接点もなかったはずだ。

「さて！　焼こう！」

弥生はパンと手を打ってから、キッチンの吊戸《つり》棚からホットプレートを取り出した。

「筒井。これテーブルにセットして」

「おう！」

焼いた餃子が皆の腹の中に消えて残り少なくなる頃には、日野もすっかり奈緒や筒井と打ち解けていた。奈緒や筒井がとても気さくな性格だということもあるのだろうが、日野が楽しそうにしているのを見て弥生はほっとした。

テーブルの下にはすでにいくつものビールの空き缶が転がっている。

「ねぇ、弥生ちゃん。この間、有賀さんとどうだったの？」

奈緒の言葉に、皆の視線が弥生に集中した。

「なんだよ、それ？」

「弥生ちゃん、有賀さんにデートに誘われてたの。で、この間出掛けたんだよね、二人で」

弥生の代わりに、奈緒が自分のことのように弾んだ声で答えた。

「出掛けたって言っても、食事だけだよ？　食事して、ちょっと飲み直してって感じで」

「どうだった？」

「どうって……ちょっと待って！　なんで皆の前で言わなきゃいけないの？」

「え？　それって皆の前じゃ言えないようなことがあったってこと!?」

「どうしてそうなるのよ」

弥生が呆《あき》れたように答えると、奈緒が不服そうに唇を尖《とが》らせた。

「だってぇ！　新しい恋に踏み出すなら早いほうがいいじゃない」

確かにそれも一理あるとは思う。けれど、長く付き合って結果壊れた恋があるからこそ、次の恋は慎重にとも思う。

「奈緒ちゃんは先走り過ぎ。まだよく分かんないし」

「でも、嫌じゃないんでしょう？」

「まぁ……うん」

確かに、嫌ではない。有賀が本当に自分に好意を持ってくれているのだとしたら嬉《うれ》しいとも思う。けれど、付き合うかどうかはもっとじっくり考えたいのが本音だ。


日付が変わった深夜、皆がゆっくりと腰を上げた。

「んじゃ、またな。おやすみー！」

奈緒と筒井が手を振りながら階段を降りていくのを、日野と二人で見送った。

「料飲部、クセが強い人多いですよね」

日野が小さく笑いながら呟いた。

「でしょう⁉　あの二人揃《そろ》うと強烈なんだ。ごめんね、びっくりしたでしょう？」

「突然やって来た職場の先輩たちに拉致られたのは、初めてですね」

「だよねぇ……」

弥生が笑うと、日野もその時のことを思い出したように笑った。

「日野くん、これから大変かも。いろいろ巻き込まれるようになるよ、きっと」

「――まぁ、いいですけどね。すでに巻き込まれてる気もするし」

「それ私のせいか！」

あの友人の結婚式の夜以来、何かと日野を巻き込む原因を作っているのは弥生だ。

「でも、ま。楽しかったです。最近、ちょっと気が滅入ることがあったんで……多少気が晴れたというか」

日野の言葉に、弥生は日野の横顔を見つめた。

同時に、少し前に寮の外で見た日野と一緒にいた女性と、その父親らしき男性のことを思い出した。

「なにか、あったの？」

「まぁ……ちょっと。久しぶりにキツくて。それで里中さんに添い寝をお願いしたら見事に断られたという」

「それは……」

あんな現場を見てしまったあとだ。どうしても日野と彼女の関係が気になってしまう。

「今夜は――？」

「え？」

「今夜は、ダメですか、添い寝。何もしません、ただ隣で眠るだけでいいんですけど」

「ええ!?」

弥生が返事に迷っていると、日野がさらに言葉を続けた。

「俺、付き合いましたよね、今夜の飲み会。今度は里中さんが付き合ってくれてもいいと思うんですよ」

弥生が断りづらいように、今夜のことを引き合いに出してくるところがあざとい。

返事を待たずに今度は日野がポケットからスマホを出して、弥生に意地悪く微笑んだ。

彼が何を言いたいのかは簡単に想像がつく。

――そうだった。弱み握られてるんだった。

「……分かった。あとでそっち行くから」

約束は五回。実質もう二回彼との添い寝をしているわけだから、いっそ早く約束の回数を済ませてしまえばいい。いつまでもこんなわけの分からない関係を続けられない。新しい恋に踏み出したいと思うなら尚更だ。

「あとで、じゃなくて今すぐお願いします」

「――だって、片付け」

「俺も手伝いますから」

そう言った日野が再び弥生の部屋に入ると、散らかった空き缶を手際よく片付けていく。

弥生が手を貸す間もなく、あっという間に部屋の中を片付けた日野は、少し血走ったような目で弥生を見つめ、強引に腕を引いてベッドに倒れ込んだ。

「ちょ、っ、とお！　私、シャワーも浴びてない……」

「俺は気にしませんけど」

「私は気にする！」

「どうしてですか？　里中さん、いい匂いなのに」

「そんなわけないでしょ。さっきまで汗だくで餃子焼いて食べてたし、お酒だって結構飲んだし」

「俺は好きですけどね……里中さんの匂い」

そう言った日野がさらに身体を密着させ弥生の首筋に顔をうずめながら、鼻をすんすんと鳴らした。

「もう、やめて。くすぐったい……それにそんなにくっついたら苦しいから」

「やだ。このままでい……」

そう言い掛けた彼の声が小さくなったかと思うと、静かな寝息が聞こえて来た。

「え？　待って。寝てる？　ちょ、日野くん⁉」

――嘘《うそ》でしょう？

弥生の身体は日野に後ろから抱き締められたままで、身動きも取れない。

「ていうか、私いなくても眠れるんじゃん……」

なんなんだろう、本当に。

身動きが取れないながらも、既に寝息を立てている日野を振り返ると、信じられないほど気持ちよさそうな顔で眠っていて、怒る気も失せてしまった。

完全に深い眠りについたらしい日野の手の力が次第に抜けて、弥生はその隙に日野の腕からそっと抜け出した。

「……なにが原因なんだか」

そう呟いて、弥生は日野にそっとタオルケットを掛けて彼の寝顔をまじまじと見つめた。顔に掛かった彼の髪をそっと掬《すく》うと、目を閉じた目尻にうっすらと涙が滲んでいるのに気付いた。弥生は日野の瞼《まぶた》に指でそっと触れてから、慌ててその手を引っ込めた。

彼は一体、心に何を抱えているのだろうか。

＊　　＊　　＊

「おばちゃーん！　レストラン七人ね」

筒井が食堂のスタッフに声を掛け、レストランのスタッフがそれぞれ人数分の席を確保したりご飯をよそったり、お茶を淹《い》れたりと分担で昼食の準備をする。

「筒井は？　ご飯大盛り？」

「ああ、頼む」

弥生の隣に筒井が座り、その向かいに平山と高木。隣のテーブルに細田と主任の沢木と課長の小野田が座った。

宴会課の筒井がレストランのスタッフの中に混じっているのは、ランチの大口予約が入っていたため、ヘルプに来てくれていたからだ。

「筒井は、これで上がりなの？」

「ああ。明日のスタンバイだけしたらな。夜は課長いれば十分だから」

今日の夜は市内の企業の研修会が入っているだけだ。研修会は主に会場を提供するだけで、スタッフが特別なことをする必要がないため人員は最小限で済む。

「いいな。私もたまには早く帰りたい」

「はは。夜、また忙しいんだろ？」

「ここ最近、会社と寮の往復以外はなにもしてないもん」

「あ、俺も同じです」

弥生と筒井の話を聞いていた高木がそれに加わった。

「夏休み終わったら、まとめて休み取りたいなー。近場でもいいから遊びに行きたい」

「それいいな！　皆で休み合わせてどっか行くか？　小野田課長、俺たち来月休み取っていいっすか？」

筒井が隣のテーブルの小野田に訊ねると、課長が苦笑いを返した。課長の苦笑いの原因は察しがつく。料飲部の主力スタッフにこぞって抜けられたらさすがに仕事に支障をきたすからだろう。

「好きにしろよ。その代わり予約状況みて、暇な日選んで休んでくれよな」

「大丈夫です。その辺はちゃんと考えますから」

弥生が答えると、課長がやれやれという顔をした。

料飲部のスタッフが夏休みを取るのは、八月下旬から九月に入ってから。繁忙期を避けて休みを取るのが暗黙の了解となっている。

「せっかくだからさ。人数集めてバーベキューとかしねぇ？」

筒井が提案した。

「あ、いいかも！　まだまだ暑いし、川遊びしながらとかどう？」

「あーいいすね！　それ俺も混ぜてください」

再び弥生と筒井の会話に高木が入って来た。

「いいよ。その代わりちゃんと働いてね」

「了解っす！　俺、超必死で肉焼きますんで！」

思いきり乗り気になっている高木を見て、弥生と筒井は顔を見合わせて笑った。

忙しい繁忙期を乗り越えたあとの楽しい遊びこそ最高のご褒美だ。仕事は大事だし、もちろん手も抜かない。けれど、たまの楽しみこそがより良い仕事の原動力となる。


ようやく長かった夏の繁忙期も終わり、ホテル全体も通常営業に戻った。

チェックアウト時間をとうに過ぎたロビーは閑散としている。相変わらず残暑は厳しく、外の日差しはある意味殺人的だ。

弥生は静かなガラス張りのラウンジから外を眺めた。

一昨日ビアガーデンの営業を終了したイベントスペースでは宴会課のスタッフがその片

付けと掃除に追われていた。まだまだ暑い日は続いているが、毎年恒例の片付け作業を見ていると、夏が終わったという感じがする。

ティーシャツと短パンという軽装でホースを伸ばしテーブルや椅子を水洗いしているのは筒井だ。

「お疲れー」

弥生がラウンジを少し離れ、イベントスペースへ出るガラス扉を開けて声を掛けると、ホースを片手に持ったままの筒井が弥生に気付いて振り向いた。

「片付け大変だね。今日、上は？」

弥生が二階の宴会場を指さすと、筒井があぁ、と頷いて「今日は一件。一気に暇になった」と額の汗を拭いながら答えた。

「あ、そうだ！　来週のバーベキュー、結局八人に決定な」

「え、そうなの？　八人って？」

「おまえ、俺、河野だろ？　それから高木、塩田《しおた》、菜々美ちゃんに竹下に日野」

日野の名前が出たことに驚きはなかった。きっと筒井に強引に誘われ断り切れなかったのだろう。

「荷物あるから車三台で。俺と塩田と日野で車出すし。フロントの菜々美ちゃんがバーベキューのセット持ってるから持参してくれるっていうし、あとは当日食材だけ買い出しに行けばなんとかなる」

「そうなんだ。いろいろありがとう」

弥生はちらりとロビーを振り返ったが、相変わらず人もいなくて閑散としている。ラウンジには誰一人いない。

「詳しいことはあとで連絡する」

「ん、分かった」

そう返事をして弥生は再びラウンジに戻った。


仕事を終えて更衣室で着替えを済ませた弥生は、普段なら寮に帰るまで放置のメイクを念入りに直した。なぜなら、このあと有賀と食事の約束をしているからだ。

本当は一度寮に戻ってシャワーでも浴びたいところだが、弥生より早く仕事を終えている彼を待たせるのは気が引ける。

職場から少し離れたところにある従業員用の駐車場まで、夜道を足早に歩いた。

昼間に比べると車もまばらになった駐車場に、エンジンを掛けたままの有賀の白いスポーツタイプの車が停まっていた。弥生が手にしたバッグを握りしめ、彼の車に近づいて助手席の窓ガラスを小さくノックすると、内側から彼がドアを開けてくれた。

「ごめんなさい。待たせちゃいましたか？」

「いや。十分前くらいに来たところだよ。七時までお客さんとの打ち合わせがあってね」

その言葉にほっとして弥生は車に乗り込んだ。

「今夜は、なに食べたい？」

彼の質問に、弥生は少し考えてから「和食！」と答えた。

「ははっ、いいね。里中さんのそういうとこ好きだよ。僕の知ってる店でいい？」

静かに車を発進させた有賀の横顔をついまじまじと見つめてしまう。

いま、さらっと〝好き〟って言った。

「食べたいものちゃんと言ってくれると助かるよ。『なんでもいい』っていうのも気遣いなの分かるんだけど『これが食べたい』って言ってくれたほうが嬉しいからね。男側も彼女が好きなもの食べさせてあげたいってのあるからさ」

そこで弥生はまた〝彼女〟という言葉に無駄に反応してしまった。一人でドキドキしている弥生に有賀が「ん？」と首を傾げながら微笑んだ。

――過剰反応し過ぎだから！　今のは一般論よ、一般論！

涼しい顔をしてさらりと意味ありげなことを言う有賀に、心がくすぐられる。意図しているのか無自覚なのか、その態度があまりに自然なところが余計に質が悪い。

有賀に連れて行ってもらった店は職場から車で少し郊外へ出たところにある小さな定食屋だった。店はさほど大きくないが、外観は古民家風の造りで、店の中は天井に大きな梁《はり》がむき出しになっている趣を感じさせる店だ。

有賀がメニューを弥生に見せながら言った。

「ここね、営業の途中に見つけたんだ。天麩羅《てんぷら》が特に旨いよ」

「そうなんですか？　じゃあ、それいただこうかな」

「僕もそうしよう」

有賀はメニューを置くとカウンターの奥にいる老夫婦に声を掛け、同じものを注文した。

「そういえば、夏休みは取れた？　遅れて取るって言ってたよね」

「はい。来週からです。火曜から金曜まで連休もらいました」

「連休かぁ。どこか行くの？」

「同期の子たちとバーベキューしようって話が出てて。和食の河野さんとか、宴会の筒井くんとか……分かります？」

「ああ、分かるよ。里中さん、あのへんの子たちと同期なんだ？　皆仲いいんだね」

「はい。研修時代から気が合って……よく遊んでます」

「他に予定は？」

有賀がおしぼりで手を拭きながら訊ねた。

「あとはのんびりしようかと。夏の間すごく忙しかったので、少し身体を休めたいのもあって」

弥生の言葉に有賀が頷きながらも探るような視線を向けた。

「――そっか。そう言われちゃうと、正直なんとも言い出しにくいんだけど……残りの休みのうち、一日でも半日でもいいから会えないかな？」

「え？」

「もちろん、無理にとは言わないけど。出来れば僕は里中さんと会いたい」

あまりに直球な誘い文句に、弥生は照れながらも頷いた。

「よかった。僕も休めるかはまだ微妙だけど、仕事ちょっと調整してみるよ」

そう言って笑った彼につられるように弥生も微笑んだ。

そうしているうちに店の主人である老夫婦が、奥から膳を掲げてやってきて「はい。天麩羅二つね」と弥生と有賀の前に出来立ての定食を置いた。

「わ！　美味しそう！」

「だろ？」

二人で顔を見合わせてから手を合わせ「いただきます」と料理に手を付けた。

食事の最中に、有賀が掛かって来た電話で席を立った。以前食事をしたときも何度か仕事の電話で彼が席を立っていたことを思い出した。

――忙しい人なんだな。

そんな彼が、自分に合うために時間を作ってくれている。会いたいと言ってくれる。彼の真っ直ぐな好意に心がくすぐられる。

「ごめんね、お待たせ」

有賀が戻って来て再び席に着いた。

「お仕事、お忙しいんですか？」

「ああ、まぁね。でもさっきの電話は、大学時代の友人。ごめんね、一人にしちゃって」

「いえ。全然」

食事を終えて店を出たあと、有賀に「もう少しだけ」と言われてその辺を少しドライブした。車の中というある種特殊な空間はお互いの距離を縮め、自然と会話も弾んで楽しい時間を過ごし、寮に送り届けてもらったのは午後十一時頃だった。

「ありがとうございました。楽しかったです」

「こちらこそ。じゃあ、また来週。休みが取れたら連絡するよ。火曜日以外なら大丈夫だったよね？」

「はい」

弥生はそう返事をして車を降り、彼に小さく手を振った。

「おやすみなさい。気を付けて」

「うん。ありがとう。おやすみ」

そう言うと有賀は静かに車を出した。弥生は彼の車の赤いテールランプが角を曲がって見えなくなるまで見送った。

7　乙女心と秋の空

迎えたバーベキュー当日の天気は快晴。朝からとても蒸し暑く、ある意味絶好のバーベキュー日和だった。

当初の予定通り、三台の車に分乗してバーベキュー場のある川の上流へと向かった。山間地を流れる川は、春先や秋には豊かな自然が人々を魅了し、夏場はキャンプやバーベキューを楽しむ人で賑《にぎ》わっている。

目的地に着くと、すでに駐車場は多くの車で埋まっていた。

「えー！　夏休み終わった平日なのにけっこう混んでる」

「本当ですね」

ふと見ると、塩田の車が隣の駐車スペースに横付けされた。日野の運転する車に乗ってきた弥生と奈緒は車を降りて彼らに手を振った。

「筒井は？」

「私たちより先に出たはずだけど。ちょっと電話してみるね」

奈緒が筒井に電話を掛けている間に、弥生と日野は積み込んだ荷物を車から降ろした。

奈緒が用意してくれた大きなクーラーボックスには主に食材と飲み物が入っている。弥生がクーラーボックスを肩に担ぐと、それを見た日野が小さく吹き出した。

「なによ？」

「いや……頼もしいというか、なんというか。進んで一番重そうなやつ持たなくても、と思って」

「これくらい余裕よ」

一応女子ではあるが、これでも料飲部だ。普段から力仕事には慣れている。

「はいはい。うん、分かった。じゃあ、その辺目指して行く。はーい」

筒井との電話を終えた奈緒がこちらを見た。

「筒井、どこにいるって？」

「もう十分くらい前に着いてるんだって。河原のほうに降りてるから荷物持って来てくれって」

「はいはーい」

弥生が返事をすると、続いて車を降りて来た塩田たちも「了解」と返事をした。

「真っ直ぐ行くと、階段があるんだって。そこから河原に降りられるらしいから」

奈緒が身振り手振りで皆に指示を出し、塩田たちも車から荷物を降ろして行く。

バーベキューのセットは菜々美が用意してくれて、塩田の車に積み込まれている。食材や飲料は朝のうちに買い出しをして日野の車に積んであった。

皆それぞれ荷物を持って河原へと歩いて行く。

「里中さん。それ、代わりましょうか」

そう言った日野が弥生の提げたクーラーボックスに手を伸ばした。

「や。いいよ。これくらい持てるし」

「知ってますけど。体格的にこっちのほうが正解じゃないすか？」

日野が、自分が下げていた食材の入ったスーパーの袋を弥生の前に掲げて見せた。

「……はぁ」

まぁ、確かに普通の女子なら軽いほうを持つだろう。弥生は渋々その袋を受け取った。

日野が満足げに笑うと、一つのクーラーボックスを斜めに掛け、弥生が提げていたクーラーボックスを肩に下げた。

「ほら。置いていかれます」

日野が顎で前方を指すと、奈緒や菜々美はすでに数十メートル先を歩いていて、その更に先を竹下と塩田が歩いていた。

弥生は慌てて奈緒たちの後を追い、その後ろを日野が付いてくる。

「お先です」

後ろを歩いていたはずの日野が弥生を追い越し、弥生も負けじと歩幅を速める。

日野の背中を追い掛けながら、細身であってもちゃんと男の人なんだなと思った。半袖から覗《のぞ》く腕が筋肉質だったり、追い掛ける背中がなんだか大きく見えたりするのもあるが、何気ない行動が意外とスマートでドキッとしてしまう。

――なんか、生意気。年下のくせに。

河原に降りて右手に曲がると先に着いていた筒井たちの姿が見えた。高木がパラソルを設置し、筒井がレジャーシートを広げている。

「俺たちも手伝います」

そこへ荷物を置いた塩田や竹下が加わる。こういうときの料飲部は驚くほど動きがいい。日常的に様々な会場のセッティングをこなしているせいか、手際の良さには目を見張るものがある。幸い近くに木陰もあり、弥生たちは持ってきた荷物をその木陰とパラソルの下へと置いた。

「とりあえず、あっちの準備できるまで私たちは野菜類でも切っておこうか」

奈緒の提案に、菜々美が同意する。

「じゃあ、私はこの辺のドリンクを川で冷やしてくる」

クーラーボックスに入りきらなかった飲み物は常温のままだ。炎天下に放置しておくよりは川の水で冷やしておいたほうが後々飲みやすいだろう。

弥生が重たいドリンクを提げると「手伝います」と日野がその後に続いた。

「流されないようにちょっと堤防作っておいたほうがいいかな」

弥生は水際まで行き、足首が浸かるくらいの深さのところへ石を積んでドリンク類が流されないための堤防を作った。

「冷たい……!!」

くるぶしの辺りからキンキンと足が冷えてきて、身体が震えた。

「川の水、すごく綺麗《きれい》ですね」

堤防を積み終えた日野が腰を上げて辺りを見渡しながら言った。川の底が曇りなく見えるほど水が透き通っている。

「確か名水百選とかに選ばれてる川なんだよ、ここ」

「へぇ。なんですか、その豆知識」

「小さい頃から家族で来てたから！　泳ぐと気持ちいいの。あっちの岩壁のほうは少し深くなってるから気を付けないといけないけど」

弥生が指さした先で、大学生くらいの若い男の子たちが大きな岩から川に飛び込んでは派手な水飛沫《みずしぶき》を上げていた。

「戻ろうか。皆を手伝わないと」

川から上がろうと歩き出した時、踏み出した足の下の石がぬるりとした苔で滑り「ひゃあ！」と声を上げた弥生を日野が支えた。

「……ありがと」

そのまま日野を見上げると、彼が呆《あき》れたように弥生を見ていた。

「来て早々に川にダイブとかやめてくださいよ？」

「大丈夫だって。ちょっと滑っただけ」

二人揃《そろ》って皆のところへ戻ると、筒井と塩田がすでに火を熾《おこ》していた。

「さすが。手際がいいね」

食材の準備を終えた奈緒や菜々美が二人の姿を眺めている。

昼近くになると、河原はさらに混み合ってきた。遅い夏休みでも取っているのか、幼児のいる家族連れや、まだ授業の始まっていない大学生と思われる若者で賑わっている。

辺りを見渡しているとあちこちで肉の焼ける香りが漂ってきた。

「お腹空いてきた。火も良さそうだし、そろそろ焼く?」

弥生が言うと「いいね!」と奈緒が立ち上がって、準備していた食材を取りに木陰に入って行った。

「菜々美ちゃん! 皆呼んできて」

高木や竹下は、ひと通りの準備を終えて、川の水際で水切りをして遊んでいる。そのはしゃいだ姿はまるで子供のようだ。


「この辺もう焼けてるよ」

弥生がトングを片手に黙々と肉を焼いていると、鉄板の上の肉があっという間に皆の胃袋に消えて行く。年頃の男性陣の胃袋は底知らずで、奈緒も菜々美も細い身体に似合わずよく食べる。皆の食べっぷりは見ていて清々しいほどだ。

「熱っつ……!」

急に風向きが変わり、鉄板の上の煙が弥生のほうへやってきて弥生は思わず咳《せき》き込んだ。

「バカ。そこ熱いだろ。こっちに避けろって」

筒井が弥生の腕を引いた。

「おまえ、食ってんの？」

「食べてないよ。あんたたちが片っ端から焼いた肉食べてっちゃうからそんな暇ないの！誰か代わってよ」

弥生が言うと、隣で肉を頬張っていた高木が「俺代わります」とトングを受け取った。

「そうだよ、高木くん！『めっちゃ肉焼きますんで！』とか言ってたじゃない」

「すいません。すっかり忘れてました」

「私にも肉食べさせろー！」

弥生が言うと皆が小さく吹き出した。

「はい、弥生ちゃん。これどうぞ」

奈緒が真っ黒に焦げたピーマンを弥生の皿に乗せた。

「ちょっと、奈緒ちゃん。これ嫌がらせ？」

「あはは、ごめんごめん！」

奈緒が笑いながら、今度は美味しそうに焼けたカボチャとトウモロコシを弥生の皿にのせてくれた。

「だから、肉ー！」

「里中さん、ちょっと待って。すぐ焼けますって」

高木が弥生を宥《なだ》めるように鉄板の上の肉をひっくり返すと、その横で日野が弥生を見て小さく笑っていた。


「結構な量たいらげたな」

バーベキューを終え、ひと通りの片づけを終えて木陰で休んでいると、レジャーシートの上に寝そべっていた筒井が言った。

「そうだね。結構な量のお肉買ったのに全部なくなったもんね」

「やべぇ……マジ腹はち切れそう」

寝そべった筒井が満足そうに腹を撫《な》でてから、両手を伸ばして大きく伸びをした。

いま木陰にいるのは弥生と筒井だけだ。バーベキューセットは日野や塩田など男性陣が片づけて車に運び込んでくれている。

奈緒と菜々美は川の浅瀬で水浴びをしながら歓声を上げていた。

「楽しいね、こういうの」

「ん？　ああ。なかなかこれだけの人数で休み合わせて集まるってないもんなぁ」

実際、勤務時間も休みも不規則な同僚たちと仕事帰りに時間を合わせて飲みに行くのさえ難しいのだ。部署が違うとはいえ若手がこんなふうに集まることなど本当に滅多にできることではない。

「はは。河野たち、楽しそうだな！　俺も混じって来るかな」

「うん、行ってきなよ。私、荷物番してるし」

奈緒たちの楽しそうな声に誘われ、筒井が川に向かって走って行った。一人残された弥生が午後の眠気に誘われ欠伸をしていると、荷物の積み込みに行っていた日野たちが戻って来た。

「あれ、筒井さんは？」

「ああ、あそこ」

弥生が川を指さすと、奈緒たちに水を掛けられ犬のようにプルプルと頭を振っている筒井の姿が見えた。いつの間にかそこに高木も加わっている。

「あー、はしゃいでますね。里中さんは、川入んないんですか？」

塩田が訊《たず》ねた。

「いや。誰か荷物見てたほうがいいかと思って」

「俺、荷物見ていましょうか？　腹いっぱいでちょっと休みたいし」

「本当？　じゃあ、お願いしちゃおうかな」

塩田にそう言って立ち上がると、日野と目が合った。

「日野くんも行く？」

「……べつに、いいですけど」

「ねぇ、眼鏡外さないの？　絶対濡《ぬ》れるよ？」

「見えないんですよ、これ外したら」

日野は、仕事中はコンタクトをしているが、本来苦手なものらしく休日には眼鏡でいたいのだと前に言っていた。

「大丈夫ですよ。泳ぐ気はないんで」

「ふうん」

弥生は返事をして帽子を被ると、川辺に向かって歩き出した。

午後一時過ぎ。日差しの強さは最高潮。

しかし、川の水は冷たく、足先をつけただけで、身体中がきゅっと引き締まるような感覚になる。

「冷たっ……！　でも気持ちいいね」

膝の辺りまで川の水に浸かるだけで、身体の熱が放出されていく。

奈緒や筒井たちが足で川の水の掛け合いをしているのを見て、弥生も近くにいた日野を目掛けて水を蹴り上げると、飛び散った水飛沫が日野の顔を濡らした。

「ちょ、なにしてんすか！」

日野の眼鏡が水滴で視界不良になった隙に、さらに追い打ちを掛けると、日野が眼鏡を外して仕返しのように弥生に向かって水を蹴り上げた。

「ぎゃあ！」

水飛沫をもろにかぶってしまった弥生はたちまちびしょ濡れになった。

「色気ゼロですね、なんですかその声」

「うるさいなぁ。てか、日野くん本気出し過ぎだから！　びしょ濡れじゃない」

「そっちが先に仕掛けたんでしょ」

「そうだけど、許さーん！」

反撃に出た弥生と、それを難なくかわす日野。子供の頃に戻ったみたいに夢中になって遊んでいると、急に強い風が吹き出した。

「風、出てきたね……」

日中の日差しはまだ真夏並みだが、風はやはり少し秋めいていて冷たい。その肌寒さに小さく身震いしたとき、また強い風が吹いて弥生が被っていた帽子がふわりと宙に舞った。

「あ！」

慌てて手を伸ばしても届かず、ふわりふわりと空を舞った帽子は飛んで行って川に落ちた。

「ちょっと、取って来る」

帽子の落下地点辺りにいる人たちを見ると、川の深さはせいぜい腰の辺り。流れてくるポイントで待っていればなんとか拾って来ることができそうだった。

「俺、行きます」

日野が眼鏡を掛け直して川の中を歩き出した。

「日野くん、いいよ！　私、取ってくるから」

「二人のほうが効率いいですよ。取り逃がすよりマシだ」

日野の言葉に尤《もっと》もだと納得した弥生は、ザブザブと川を歩いて行く日野の後を追った。

ゆるゆると帽子が流れて行くのを目で追いながら歩いていると、くるぶし辺りまでだった川の水が膝の上になり、気付けば腿《もも》のあたりまで来ていた。

「あ、取れそう！」

流れてくる帽子の到達点に入り、手を伸ばしてそれを摑《つか》んだと思ったその時、再び風が吹いて帽子を取り損ねてしまった。

ダメかと思った瞬間、帽子が流れた先に大きな岩があり、運良くそこに帽子が留まった。

「今度こそ……」

弥生が岩に近づいた時、岩の周りに渦を巻いた強い水流に足元を掬《すく》われバランスを崩した弥生は、そのまま川の中へ潜ってしまった。

「里中さん‼」

――ヤバイ！

岩のそばは水の流れが速く、水深も深くなっていたため勢いよく川に沈みこんだ弥生はそのまま流されてしまわないよう水の中で必死にもがいた。

その時、ガシッと強く腕を摑まれ、その手に身体を引き寄せられなんとか川から顔を上げることができた。突然のことで水が入ったのか、鼻の奥がつんとする。

まともに息をすることができ、ケホッ、と水を口から吐き出しながら顔を上げると、着ていたシャツを胸の辺りまでびしょ濡れにした日野が、見たこともないような怖い顔で弥生を睨《にら》んでいた。

「――ったく！　なにしてるんですか！」

普段どちらかというとクールな印象の日野の剣幕に弥生は驚いた。

「痛いよ」

「文句言うまえに、他に言うことないんですか」

「……ごめん」

「俺が行くって言ったのに、ほんと無茶する――。なんでも自分でできるって思ってんのかもしれないですけど、男と女じゃ体格差あるんだから」

彼の手が微かに震えているのを見て、本気で自分を心配してくれたんだということが分かった。確かに無理をせず、日野に任せていればよかったのかもしれない。

彼の背と手の長さがあれば深みにはまる手前で帽子に届いていただろうし、心配を掛けることもなかったのだろう。

「本当、ごめん……」

もう一度謝ると、日野が溜息《ためいき》をついて弥生の腕を摑む力をふっと緩めた。

「平気ですか？　いきなり沈むから焦った……」

「私も」

「川は危ないんすよ。平気だって思う水深でも岩場近くは急に流れが速くなって身体持ってかれたりするんで」

「本当、ごめん。それから……ありがとう」

日野が腕を摑んでくれなかったら、取り返しのつかないことになっていたかもしれない。

「もう、大丈夫だから。戻ろうか」

そう言って歩き出したとき、踏みだした右足の筋が固まった。

「――痛っ！」

咄嗟《とっさ》に日野の腕を摑むと、彼が怪訝《けげん》な顔で弥生の顔を覗き込んだ。

「どうしたんすか」

「攣《つ》った」

「は？」

「や。だから、足が……」

弥生が痛みに顔を歪《ゆが》めると、日野がようやくその意味を理解したように目を見開いてから小さく吹き出した。

「……ダッサ」

「うるさい！」

痛みと恥ずかしさに弥生が俯《うつむ》くと、日野が息を吐いてから弥生の脇に手を回した。

「マジウケます。溺れかけて足まで攣るとかダサ過ぎでしょう」

弥生に皮肉な言葉を掛けながらも、さっきまでの緊張が緩んだのか急に笑い出した。

ああ、もう！　完全にバカにされてる。

「ちょっと、笑いごとじゃないんだけど。足、超痛いのに」

日野を押しやって歩き出そうとすると、攣ったままの足に力が入らず再びバランスを崩した弥生を日野が支えた。

「そんな状態で歩けるんですか」

「歩けるよ。余裕だし！」

助けてもらうのが癪《しゃく》で弥生が痛みを堪えて歩き出すと、日野がゆっくり後ろを付いてくる。

「そんなんじゃ、日が暮れますよ」

「ほっといて」

振り返らず答えると、日野に腕を掴まれ、その反動でバランスを崩した弥生の身体がふわと宙に浮いた。

一瞬何が起こったのか分からずに目を瞬かせていると、ふと見上げた先に至近距離の日野の顔があった。

「ぎゃあ！」

「暴れると、このまま川に放り投げますよ」

「ちょ、降ろしてよ」

弥生の言葉に、日野がこちらをみてニヤと笑うと、まるで本当に弥生を放り投げそうな勢いで身体を揺らした。

「ちょ、やだっ！　……待っ」

弥生が慌てて日野の身体にしがみつくと、彼が楽しそうに笑いながら揺らすのを止めた。

「日野くんさぁ。性格悪いって言われない？」

思いきり皮肉を込めて訊ねると、日野が「言われないです」と答えた。

だって、何か話していなければあまりの恥ずかしさにまともに日野の顔が見られない。

こんな公衆の面前で、大の大人がお姫様抱っことか、色ボケしたバカップルか！

「――弥生ちゃん⁉　なに？　どうしたの？」

川縁付近で遊んでいた奈緒たちが、弥生たちに気付いてこちらに近づいて来た。

「大丈夫。大したことないの。向こうで遊んでたら深みにはまっちゃって……足攣ってこんなことに」

依然日野に抱きかかえられた状態の弥生に、奈緒がああ、と頷《うなず》いた。

「びっくりしたよ。平気ならいいけど……。風冷たくなってきたからあと少ししたら帰るつもりだけど」

「うん。私は大丈夫だから、皆はまだ楽しんでて！」

川岸に着くと、日野が弥生をその場にそっと降ろして訊ねた。

「このまま車戻りますか？　着替え、車でしたよね」

「あ、うん。私、ついでに着替えてくるよ。ここで大丈夫、あと自分で歩くから」

「俺も行きます。先行っててください、車の鍵取ってきます」

そう言った日野が荷物置き場へ走って行き、荷物番をしていた塩田と言葉を交わしてすぐにこちらに戻って来た。

駐車場に停めてある車に着くまで、日野がずっと弥生の身体を支えて歩いてくれた。車は駐車場の奥の茂みに向かって停めてある。昼前に来た時には車体の半分が木陰に隠れている程度だったが、日が傾きかけた今はすっかり辺りが日陰になり、吹く風はひんやりとしている。

日野が先に濡れたティーシャツを脱いでギュッと絞った。見た目の線の細さに不釣り合いな身体に思わず目がいってしまう。

「前は茂みになってるんで外から見えることないと思うけど、一応俺後ろにいるんでなにかあったら声掛けてください」

そう言った日野が車の鍵を開けた。

「日野くんこそ、後ろから覗かないでよね」

弥生の言葉に、日野が呆れた顔を返した。

「見ませんよ。わざわざ覗かなくても里中さんの裸なんてもう見慣れてますから」

「――っ」

言わなきゃよかった！　また思い出してしまった。なかったことにしたはずの夜のことを。ていうか、見慣れるほど裸晒《さら》してないし！

「一言余計なんだよ、日野くんは」

「どっちが」

弥生がバン！　と少し乱暴に彼の車のスライドドアを閉めて着替えを始めると、薄いスモークの貼られた後部座席から車の後方に立つ日野の背中を見つめる。

スマホを操作しながら時間を潰しているようだ。

「口はあんなだけど、結構優しいんだよね……」

小さく呟《つぶや》いた。憎まれ口は多いが、言葉とは裏腹な行動はいつだってさり気なく優しい。川で弥生を助けてくれたときの腕も、抱き上げてくれたときの腕も、いつも力強くて温かくて――。

不思議だと思う。身体を重ねた時もそうだったが、弥生は彼の力強い腕や温かさになぜか安心してしまうのだ。

着替えを終えて外に出ると、日野が車体にもたれていた身体を起こして顔を上げた。

「お待たせ」

弥生の言葉に彼が小さく頷くと、車の中から薄手のパーカーを取り出して羽織った。

「足、どうですか？」

「うん。車の中で少しマッサージしたらだいぶいい」

弥生が攣った右足をぷらぷら振りながら答えると、日野が安心したように微笑んだ。

「戻りますか」

「うん」

いつの間にか繁みの中の喧《やかま》しい蟬《せみ》の声が、秋の訪れを告げるツクツクボウシの鳴き声に変わっていた。

「迷惑かけっぱなしでごめん」

少し前を歩く日野の背中に向かって言った。

「やけにしおらしいと、それはそれで気持ち悪いですね」

振り向いてははっと笑った日野の笑顔がやけに眩《まぶ》しくて、急に胸がドキドキした。

「もう！　気持ち悪いとか、ホント失礼！」

少し乱暴な言葉は照れ隠しだ。だってそうでもしなければ、このわけの分からないドキドキを日野に見透かされてしまいそうな気がする。

ゆらゆらと風に揺れる木々。太陽の光に照らされ輝く水面。

「……眩しい」

この眩しさは、夏の日差しのせいだけ？

「弥生ちゃん！　大丈夫ー？」

弥生を見つけてこちらに向かって手を振る奈緒に、「大丈夫ー！」と大きく手を振り返した。

夕方バーベキュー場を後にして、職場近くの居酒屋で軽く夕食を済ませ、寮に戻って来たのは午後九時近かった。弥生は後部座席から皆の荷物を降ろしつつ、忘れ物を確認した。

「奈緒ちゃん、荷物これだけ？」

「うん。ありがと。日野くんも弥生ちゃんも一日お疲れ様！　それじゃ、またね」

そう言った奈緒が自分の荷物を肩に掛け、手を振りながら自分の部屋に帰って行った。

「里中さんの荷物はこれだけですか？」

「ああ、うん。ありがと。日野くんも車ありがとね。運転疲れたでしょう？」

「や。べつに、これくらい」

日野から荷物を受け取って、弥生は気になっていたことを訊ねた。

「筒井に無理矢理誘われたんだろうけど、日野くんも少しは楽しめた？」

「まぁ……普通に楽しかったですよ」

「そっか」

その言葉を聞いて弥生もほっとした。

「里中さんが川に沈むとこ見れましたしね」

「だから！　それ蒸し返さないでってば」

「俺、ある意味里中さんの命の恩人じゃないですか。お礼しなきゃなって気になりません？」

日野が少し意地悪な顔でニヤと笑った。

確かに、あの時日野に腕を掴まえてもらわなければ、あのまま川に流されて〝二十八歳の女性が川遊びの最中に死亡〟なんて夕方の地方ニュースの見出しになっていたかもしれないのは否めない。

「なにして欲しいの」

「分かってるでしょ」

日野が弥生にする要求なんて、たった一つだ。

「だいたい日野くん、私がいなくても眠れるじゃない。この間のこと覚えてないの？」

弥生の部屋で筒井たちと集まって餃子《ぎょうざ》パーティーをした時のことだ。あの日の日野は弥生にほぼ触れることなく、まるで電池が切れたように寝落ちしていた。

「約束の回数はまだ残ってます」

正当な主張だとでもいうように真っ直ぐに弥生を見つめる日野の視線にあっさりと負けた。

「――分かった」

どのみち、乗り掛かった船だ。元はと言えば自分が日野に迷惑をかけたことが発端なのだ。断れるはずもない。

「部屋に戻ったらシャワーだけ浴びさせて。そしたら日野くんのとこ行くから」

「待ってます」

そう返事をした日野が弥生の目を真っ直ぐ見つめたままそっと手を取った。

――なんで、そんな縋《すが》るような目で見つめてくるのよ。

今日は変だ。日野を妙に意識してしまう。

こうして日野の部屋に来るのは何度目だろう。

決して頻繁に彼の部屋を訪れているわけではないが、何度目かになると多少はその雰囲気にも慣れてくる。日野も弥生が来るまでに風呂に入ったのか、髪がまだ少し濡れていた。

「テレビでも見ます？　まだ時間も早いしさすがに眠くないでしょう」

すぐに添い寝タイムに突入かと思っていたが、テレビでもなどと言われ、少し拍子抜けしつつも弥生はほっとしていた。

日野が飲み物を用意してくれて、並んでテレビを見ながら雑談をする。なんだか、これってごく普通の友達……というか恋人みたいだ。

「里中さん、いま夏休み中なんですよね？」

「ああ、うん。少し遅めのね。今日から金曜まで四連休なんだ。日野くんはお盆の間お休みしてたんだっけ？」

「や。ずっとではないです。連休もありましたけど、合間に交代で出てましたよ」

「そうなんだ。実家帰ったりしてた？」

「いや。実家にはしばらく帰ってないです。里中さんは？　あとの三日はなにして過ごすんですか」

「ちょっと実家に顔見せにいくのと――」

「と？」

そう言い掛けて弥生は口を噤《つぐ》んだ。

「べつに日野くんに言う必要ないもん」

有賀に誘われているが、それを日野に言う必要はないと口を閉ざすと、日野が弥生の顔をチラと見て小さく笑った。

「有賀さんですか」

「――は⁉　なんで」

「里中さん、分かりやすいんですよ。考えてることが顔に出過ぎ」

顔に出てるって、どんなふうに？　と問い返そうかと思ったがやめにした。

「約束してるんですか、あの人と。良かったですね、彼氏と別れて早々に新しい相手見つかって」

「べつに……そういうんじゃ」

「その気があるから誘いを受けてるわけでしょ」

「分かんないの！　そりゃあ、素敵な人だとは思うけど、まだどんな人なのかも分からないし。少し親しくなったらなにか変わってくるのかなって」

次の恋をしたいという気持ちはもちろんあるが、好きだという気持ちが芽生える前に迂闊《うかつ》なことはできない――とそこまで考えた弥生は日野を見て、いや、思いっきり迂闊なことしてるじゃん！　と心の中で突っ込んだ。

好きでもない男の部屋を訪れ、添い寝という体《てい》で一緒に寝て、身体まで繋《つな》げて――こんな状況普通じゃないし、迂闊以外のなにものでもない。

「なるほど。前向きには考えてるってことですか」

「そうよ、悪い？」

「ふぅん」

「だから、なに！　その奥歯に物が挟まったみたいな感じ」

「べつに」

そう答えた日野が、ふいに弥生との距離を詰めた。

「え？　なに？」

弥生の言葉に答えることなく、日野は弥生を引き寄せてその腕に抱き締めた。

――だから、なんなのこれ！

頭の中は疑問符だらけなのに、温かな日野の体温に包まれているうちにまぁいいやという気持ちになる。このままじっとして、うっかり目を閉じたら弥生のほうが先に眠ってしまいそうだ。

「寝ますか、そろそろ」

「あ……うん」

前回と同じようにベッドに促されて弥生がそこに横たわると、日野が部屋の電気を消してベッドに入って来た。

恋人でもない男のベッドに入って、何をしてるんだろう。頭ではおかしいと分かっているのに、それほど嫌というわけではないことに自分でも驚いている。

日野に背中を向けて目を閉じると、日野がそんな弥生の身体を後ろからそっと抱き締めた。

そのとき、弥生はふいに以前日野を訪ねて来ていた若い女性のことを思い出した。

「ねぇ……日野くんの不眠の原因って、少し前に日野くんを訪ねて来てた髪の長い女の子が関係してたりする?」

そう弥生が訊ねると、日野の身体がほんの一瞬強張った。

「なんですか、それ」

「この間、偶然見ちゃったんだよね。日野くんとその子が一緒にいるとこ。そのあと、彼女のお父さんみたいな男の人が出て来て——日野くんとその子を引き離すように連れ帰ってたの」

「……ああ、あれ。趣味が悪いな。盗み見なんて」

「違うの! 偶然よ、偶然! なんか出て行ける雰囲気でもなかったし……」

弥生が弁解するように言うと、日野が弥生を抱き締めたまま小さく息を吐いた。

「元恋人です。学生のとき付き合ってたんですよ。——けど、精神的に不安定な子で、いろいろあって別れたんです」

「いろいろ……って?」

口に出してから、さすがに踏み込み過ぎかとは思ったが、やはり理由が気になった。

「分かりやすくいうと、ちょっとヤバイ子というか――」

そう言った日野がそのまま押し黙った。

「すいません。これ以上は――。とにかく俺にとっては終わったことなんですよ」

弥生が日野にそれ以上のことを訊《き》けなかったのは、日野の手がまるで訊いてくれるなというように小さく震えていたせいだ。弥生がそっと彼の手に触れると、指先が冷たくなっていた。

何があったのかは分からないが、きっと日野の手がこんなに冷たく震えてしまうほどの何かがあった。それが、彼の不眠の原因なのだろうということは察しがついた。

「手、冷たい……」

「はは……ですね。里中さんの体温で温めてもいいですか」

そう言った日野が弥生の返事を待たずに、部屋着の裾からそっと手を差し入れて弥生の肌に触れた。ひんやりとした彼の指先の冷たさに、弥生の肌がぞくりと粟立《あわだ》った。

「温かいですね、里中さんは。この温かさが安心するのかな」

冷たかった日野の手が次第に弥生の体温に馴染《なじ》み、溶け合った頃、日野がゆっくり手のひらを動かした。そっと撫でるように優しく触れる手。他人の手で肌に触れられるのは、自分で触れるのとは全く異なる。予想のつかない動きと感覚に身体が敏感に反応してしまう。

「ねぇ、添い寝だけじゃなかったの……？」

「そのつもりだったんですけど、気が変わりました。今夜は里中さんが俺を癒してくださいよ。特別なことはしなくていいから」

それはどういう意味で？　と弥生が訊ねる間もなく、日野の手が弥生の胸に触れた。

「だから、なんでそうなるのよ」

「気持ちいいことしてたら忘れられます。嫌なことも、怖いことも」

日野が弥生の耳元で囁《ささや》いた。彼の低く心地よい声が温かな息に混じって響く。

「俺に抱かれるの嫌ですか？」

「嫌……とか、そういう問題じゃないでしょう」

「そういう問題ですよ、セックスするかしないかなんて。嫌じゃないなら問題ないですよね？」

「だから――」

続けようとした言葉は日野が弥生の頬に、首筋に、順にそっと押し当てた唇によってその行き場を失った。

「ちょっ、日野く……ダメだってば」

問題大アリだ。恋人でもない男と、こんなこと。でも、拒絶することができなかったのは、弥生自身あの夜自分を癒してくれた日野の肌の温もりをどこか恋しく思っていたからだ。

「里中さん、敏感ですよね。少し触れただけで身体が反応する」

「そんなことな……っ」

「そんなことあります。ほら」

日野が弥生の胸を優しく包み込みながら先端を弄ぶように指を動かすと、その弄られた箇所がじんじんと熱を持ち、身体の奥が疼《うず》いてくる。

日野が弥生の胸を弄びながら同時に耳に舌を這《は》わせた。熱い舌のぬるりとした感触と耳元でする生々しさを伴った水音に弥生の身体が小さく震えた。

「身体のほうは素直だ。胸、こんなふうに触られるの好きですよね？　正直に言ってください」

日野の指が動くたびに、胸の先が痺《しび》れ、気持ちいいという感覚だけが強くなり、日野に抵抗することができなくなる。

「……触られるの、嫌じゃない」

「じゃあ、いっぱい触ってあげます」

日野の手や舌が優しく弥生に触れ、そっと耳元で響く声がまるで頭の中に直接響いているような錯覚に陥る。その静かな低音と優しく触れる指が、強張っていた弥生の身体を解いていく。

「あっ……」

思わず漏れた声に慌てて手の甲で口元を覆うと、日野が後ろから弥生の顎を支えるようにして唇を塞いだ。重ねられた彼の唇はとても温かかった。啄《ついば》むように何度か唇を重ね、次第に交わりが深くなる。徐々に身体の力が抜け、いつの間にか日野の貪るようなキスを受け入れていた。

——溺れそうだ。

唇が離れた隙に、はぁと息をつくと、それを許さないというように再び唇を塞がれる。こんな熱っぽいキスをされたら、この行為に意味があるんじゃないかと勘違いしてしまいそうになる。

「里中さん。キスしやすいように仰向けになって」

弥生は日野の言葉に素直に従った。この時の弥生は既に日野に抗うという意思は喪失していた。一度灯された熱はその熱量を増し、日野に促されるまま再び何度も深いキスを交わした。

「……エロい顔だなぁ。邪魔だからこれも脱いじゃいましょうか」

そう言った日野にあっという間に下着以外のものを剝ぎ取られてしまった。

露になった肌を隠そうとすると、そこで日野と目が合った。

「……見、ないで」

「なに言ってんですか。見ますよ。見たくて脱がしてんだから」

日野が弥生のブラをずらし、堅くとがったままの胸に吸い付いた。彼の熱い舌の感触に声にならない声を上げると、日野が弥生の胸の先を執拗《しつよう》に舌先で転がしながら、反対の胸

の先をきつく摘まみ、弥生はその痛みに「ああっ……」と身体を仰け反らせた。

「いい反応。痛くされるのも好き？　舐《な》められるのと、こうやって指で強めに捏《こ》ねられるのどっちがいいです？」

「……そんなのっ」

弥生が小さく首を振ると、日野がどこか嬉しそうに微笑んだ。

——意地悪な顔。

添い寝だけと言っておいて、何度も弥生の身体に触れるこの男は、意外にも女の身体の扱いに慣れている。壊れ物を扱うように優しく触れ、慈しむように甘く弥生の身体を溶かす。

日野の手がそっと弥生の下肢に触れた。腿を手のひらで撫でながら、下着のラインをなぞり弥生の潤んだ部分に下着の上からそっと指を這わせた。

「……っ、ん」

「ここ、濡れてるの下着の上からでも分かる」

日野の指が潤みの割れ目を撫でるように動くと、弥生の身体の奥から熱いものが溢《あふ》れ出た。

「……そこ、ダメっ……」

「ダメじゃないでしょ。触って欲しいって言ってるみたいに熱いの溢れてる」

日野がそう言いながら下着の隙間から指を滑らせ、弥生の潤みに直接触れる。彼の指が滑らかに動くたびにどれほど濡れているかが分かる。

「あっ、はぁ……」

「気持ちよさそうな声上げて。こんなに濡れてたら簡単に中に指入っちゃいますね」

潤みの入り口付近を撫でていた日野の指がするりと弥生の中に滑り込んだ。

「ああっ、……ダメ、中弄っちゃ……」

「どうして？　気持ちよくない？」

「そ……じゃ、ない」

――逆だ。気持ちよくて、どうにかなってしまいそうで怖い。でもそれを言葉にすることは躊躇《ためら》われて、弥生は彼のシャツを摑む手に力を込めた。

「そうじゃないなら、気持ちよくてイっちゃいそうってことですか？」

なんてことを聞くのだろうと思ったが、高められた熱がさらなる快感を欲していることを弥生はもう認めざるを得ない。弥生の中に入ったままで動きを止めた彼の指に身体が焦れる。

「里中さんの中、すごく熱いですよ。俺の指咥《くわ》えてんのにまだ足りないって下から涎垂《よだれ》らしてる。もっと弄って欲しくない？　もっと奥まで欲しくない？　もっと気持ちいいことだけに溺れませんか？」

これは悪魔の囁きか。真っ直ぐに弥生を見つめる日野の目には、静かな欲望の光が宿っている。日野のほうも微かに興奮しているのか欲に飢えた強い光を放つ目に見つめられ、弥生の身体にぞくぞくとした感覚が走る。

「どうして欲しいです？」

ダメだ。煽《あお》られた欲望の火を途中で消すなんて不可能だ。

「……もっと、奥触ってほしい……」

弥生が羞恥に顔を歪めながら訴えると、「奥ね、了解」と日野が見たこともないくらい雄の顔で微笑んだ。

「あっ、や。そこ……ああっ、あ」

日野が弥生の足を抱え込んで、熱が溢れる部分を舐める。舌で敏感な部分を突き、弥生の反応を楽しむように転がして舐めまわす。

「嫌とか言わない。触ってって強請ったの里中さんですよ」

「だっ……っ。口でなんて言ってな……ぁあ！」

口の端から漏れそうになる声を必死に抑え、身体の奥から込み上げてくる何か得体のしれない感覚に手足が震え、その恐怖に日野の腕を必死に掴んだ。

「……ぁあ、もう……イっ、ん」

「里中さん、可愛い声上げすぎ」

日野が興奮したように息を荒げ、身体を起こした。

「もっと聞いてたいけど、里中さんのエッチな声が他の部屋にも聞こえちゃうんで」

と弥生の唇を強引に塞いだ。次第に深くなるキスの応酬にますます興奮が高まっていく。

――ダメだ、これ。気持ちいいこと以外、なにも考えられなくなる。

「俺もちょっと我慢できない」

弥生の耳元でそう言った日野が、本当にこれ以上我慢できないというような切羽詰まった表情で弥生の中に押し入って来る。

「……っ！」

押し殺したような呻《うめ》き声を上げて一気に弥生の奥まで到達すると、日野が小さく身体を震わせた。

「里中さんの中、すごいですよ……熱くて溶けそうです」

「はぁっ、あ……気持ち、いいっ」

この頃には弥生の中に残っていた羞恥心はほとんどどこかに吹き飛んでいた。

お腹の中が日野の質量でいっぱいになって苦しいのに、もっと奥まで来て欲しいと思う。自分の中が日野の熱で埋めつくされていることに興奮し、さらなる快感に繋がる。

「……奥っ、あ」

日野が腰を打ちつけるたびに、弥生の身体が激しく揺さぶられる。

必死な顔で求めて来ないで――。そんな顔されたら、なにかとんでもない勘違いをしてしまいそうになる。

「ああっ……日野くん、もう、ダメ……っ」

「イっていいですよ。俺も、もうイキそう……」

我を忘れてしまう。日野とのセックスはなぜか気持ちよ過ぎて、頭がおかしくなりそうだ。

こんな身体じゃなかったはずなのに。これまで付き合ってきた彼氏たちともしてきたセックスなのに、感じ方が全然違う。

「やばいな。本当限界……」

日野が息を荒げながら、弥生の一番奥を突いた。

「――ぁあ！」

漏らした声を最後に、弥生の頭は真っ白になった――。達する直前、日野が弥生の耳元で何か言ったような気がしたが、翌朝目覚めたときには日野はもう部屋を出たあとで、弥生のほうも何を言われたのか――それさえ気のせいだったのかわからなかった。

8　嵐の夜の本音と建前

たった四日間の夏休みはあっという間だった。

有賀と予定していたデートは初めての昼間のデートということで少し遠方まで足を延ばし、これまで何度かした仕事帰りのデートとはまた違った時間を楽しんだ。途中、有賀が仕事の電話で呼び出されたために予定より少し早く切り上げることになってしまったが、一緒にいる時間が長かったおかげか、これまで以上に有賀との距離が縮まったような気がする。

弥生は休憩に訪れた従業員食堂で、テレビに一番近い席に腰を掛け、コーヒーに口を付けた。

時折男性社員が喫煙に訪れる程度の閑散とした夕方の従業員食堂にテレビから流れるニュースを読み上げるアナウンサーの声が響く。

《――なお、非常に勢力の強い台風十六号は、依然勢力を保ったまま北上し、今夜遅く県内に最も接近する見込みとなっております》

弥生はテレビの画面を見つめたまま大きく溜息《ためいき》をついた。

「ヤバイな、これ……。完全に寮に一人だ、私」

定時にラウンジを閉め、後片付けなどを済ませてレストランの事務所に顔を出すと、課長の小野田がデスクでパソコンを開いていた。

「お疲れ様です」

「お疲れ、里中。もうラウンジ終わったのか？」

「はい。こんな天気なので夕方過ぎから客足途切れてそのまま。レストランのほうはどうですか？」

「こっちもだよ。宿泊の客だけ」

外は台風の接近に伴って風雨が時間を追うごとに強くなってきている。こんな日にわざわざ外に食事に出かける客はほとんどいない。

時折、事務所の窓が風でガタガタと音を立て、大粒の雨がガラスに叩《たた》きつけられる。

「里中。今日はすぐに上がれよ。これ以上酷くならないうちに帰ったほうがいい」

「はい。ありがとうございます。お疲れ様でした」

弥生は小野田に軽く頭を下げて事務所を出ると、そのままロビーのほうへ歩き出した。

ロビーへ向かうガラス張りの通路に激しい雨がぶつかっている。

最接近は日付の変わる頃だとニュースで言っていた。

「早く帰ろう」

そう呟《つぶや》いて弥生は着替えを済ませると再びロビーに戻り、フロントでタクシーを呼んで家路に着いた。

部屋に入ると電気を点け、カーテンを閉める。次第に風が強まり、窓がカタカタと音を立て始めた。台風の近づく気配に心細さを感じて、テレビの電源を入れると、ちょうど九時前のニュースが始まった。

《――大型で強い勢力の台風十六号は、現在○○半島沖を北上中。午後十一時ごろには県内に最も接近する見込みとなっております》

帰宅してすぐにシャワーを浴びたあと、再び台風関連のニュースに耳を傾ける。激しさを増していく風雨に益々落ち着かない気持ちになった。

大気の状態が不安定なのか、すでに遠くのほうで雷の音がしている。弥生は次第に速くなる心臓の音を誤魔化すようにテレビのボリュームを上げ、チャンネルを賑《にぎ》やかなバラエティー番組に切り替えた。

その時、インターホンが鳴り、弥生は何事かと慌てて立ち上がった。

こんな時間に誰だろう。覗《のぞ》き穴から外を見てみたが、レンズに水滴がついていてぼんやりとした人影しか見えない。

「……誰？」

「――野です」

激しい風雨の中でもかすかに聞き取ることが出来た覚えのある声に、弥生は慌ててドアを開けた。

風に煽《あお》られたドアが勢いよく開くのを「おわっ！」と声を上げた日野が摑《つか》み、そのままドアを引き寄せ弥生の部屋へ入って来た。日野と顔を合わせるのは、あのバーベキューの夜以来だ。

「なに？　どうしたの？」

「里中さん、空いてる容器ないですか？」

「――は？」

「なんでもいいんですけど。バルコニー側の窓の隙間から雨漏りしてて。ボウルでもバケツでも雨受けに使えそうなものならなんでもいいんで……」

弥生は窓を見つめ、寮の築年数なら激しい風雨での雨漏りも頷《うなず》ける気がした。

「窓のとこだと、ベッドも近いし狭いよね。バケツじゃ縁《へり》から落ちちゃうか」

弥生はいい物はないかと腕組みをして考えた。

「あ、そうだ！　ペットボトルは？　大きいのなら上のほう切って使えば雨漏りの受けになるんじゃない？」

弥生の提案に日野も「ああ、いいかも」と納得したように頷いた。弥生はゴミ箱から比較的清潔なペットボトルを取り出して、キッチンバサミで上部にハサミを入れた。

「雨漏り、そんなに酷いの？」

「まぁ、端のほうから漏れてきてるんですけど、ポタポタ滴る感じで」

「一個で足りる?」

「大丈夫だと思います」

弥生がハサミを使って上部を切り取ろうとしたのだが、苦戦しているのを見て日野が手を出した。

「里中さん。それ貸して」

弥生が素直にハサミとペットボトルを日野に渡すと、器用にペットボトルの上部を切り取って満足げに口の端を上げた。

その時、締め切ったカーテン越しにピカッと稲妻が走り、ゴゴゴゴと低い轟音《ごうおん》が響いた。

「きゃあっ!」

弥生が驚いて思わず飛びあがると、そんな弥生を見て日野が目を丸くした。

「――雷、ダメなんですか?」

「ダメっていうか、苦手なの!」

「それ、ダメって言うんじゃ……」

「キャラじゃないって言いたいんでしょう? 仕方ないじゃない。嫌いなものは嫌いなんだもん」

精一杯強がると、日野が小さく笑った。

「いや。べつにキャラじゃないとか言ってないし」

「言いたそうな顔してた！」

「してませんよ」

日野が呆《あき》れたように弥生を見つめた。

「もう！　いいから、早くそれ持って帰りなよ。部屋中水浸しになっても知らないから」

弥生の言葉に、日野がやれやれと肩をすくめて弥生に背中を向けた。

「じゃ、戻ります。これ、サンキューです」

そう言って日野は上部の切り取られたペットボトルを掲げると玄関のドアに手を掛けた。

その瞬間、再びピカッと窓の外が光り、続いて低い雷鳴が響いた。

弥生が短い悲鳴を上げて咄嗟《とっさ》にその場にうずくまると、

「一人で平気ですか？」

日野が弥生を見下ろして言った。

「……大丈夫」

――たぶん。いや、嘘《うそ》だ。本当は平気ではない。

でも、ここで素直に平気じゃないと言えない性格を恨めしく思いながらも、言葉を撤回することはできなかった。

日野が出て行った後、途端に身体が震え出す。

――強がらなきゃよかった！　そう思ったところで時すでに遅しとはこのことだ。

再び稲妻と共に轟音が響く。

「きゃあああっ！」

柄でもない悲鳴をあげた。弥生は慌ててベッドに飛び乗ると、頭から布団を被ってその場に突っ伏した。

最接近まであと一時間ほど。まだしばらくはこんな状態が続くと思うと心臓が縮み上がる思いだ。さらに激しさを増す風雨と雷鳴に、弥生は泣き出したい気持ちになっていた。

「意地はらなきゃよかった……心細いって言えばよかった」

まるで空が割れて落ちてきそうな雷鳴のあと、ブチンと何かが切れるような音がして、弥生は被っていた布団から慌てて顔を出した。

「停電とか、勘弁してよ……」

弥生はベッドから這《は》い出ると部屋のテーブルの上に置きっぱなしになっているスマホを手探りで探し、ライトを点けると四つん這いのまま玄関に行き懐中電灯を探した。

「たしか……この辺にあったはず」

ようやく目当てのものが手に触れ、電気を点けてみたものの今にも消えそうな儚《はかな》い光を放つだけだった。

「あー、やだ。嘘ぉ」

日頃から防災意識を高く持って電池の有無を確認しておかなかったことを後悔した。

その時、突然手にしたスマホが鳴り出し、驚いた弥生はビクッと飛びあがった。画面に表示されたのは日野の名前。弥生は慌ててその電話に出た。

「も、もしもしっ‼」

切羽詰まったような声で電話に出た弥生の声に、日野が笑った。

「ははっ。声に必死さが表れてますね」

こんな非常時まで嫌味を言うとは、本当に小憎らしいと思ったが、日野の声を聞いただけで少しほっとした。

「わ、悪かったわね！　停電でパニクってんの！　察してよ」

「察してますよ。だから電話を。大丈夫ですか？」

情けないところを日野に見せるのは本当に癪《しゃく》だけれど、この際そんなことを言っている場合じゃない。

「大丈夫じゃ……ないよ」

「こっちの雨漏りはもう心配なさそうなんで、里中さんの部屋行きましょうか？　俺、ランタン持ってるんです」

この際なんだってよかった。ランタンなんてあったってなくたって——いや、ないよりはあったほうがいいのだろうけど、とにかく一人でこの部屋にいるのは耐えられない。

「お願いします……」

「はは。珍しく素直ですね」

「もー、嫌味ばっかりでムカつく！　誰だって苦手なものあるでしょう？」

ピカッと空が激しく青光りしたのと同時に、すぐ近くで大きな雷鳴が響いた。

無理！　怖すぎる！　弥生はスマホを握る手に力を込めた。

「いいから早く来てっ！」

あまりの恐怖にまるで逆切れのように叫ぶと、日野が「はいはい」と返事をしてそのまま電話が切れた。

隣の部屋のドアの開閉音が聞こえて、弥生は靴箱の上にスマホを置いてゆっくりとドアを開けた。瞬間、風に煽られたドアを日野が手で押しとどめた。

「風強いんだからもっと気を付けて開けてください！」

そう言った日野は片手にランタンを掲げ、彼の顔が暗闇に気味悪く照らされている。

「ひっ……」

弥生が思わず後ずさると、日野が弥生を睨《にら》んだ。

「人の顔みて『ひっ』とか失礼だな」

「だって！」

懐中電灯で下から顔を照らしたあの感じだ。誰だって怖いに決まっている。

「部屋の雨漏り、平気だった？」

「もらったペットボトルのおかげでどうにか。朝までにどれだけ雨水溜まるかなって感じです」

窓には大粒の雨が打ち付けている。更に台風が接近しているのか、風雨は益々激しさを増している。

その時、再び着信音が鳴った。弥生が辺りを見渡すと、在りかに気付いた日野が玄関の靴箱の上にあった弥生のスマホを手に取ってこちらに戻って来た。

鳴り続けるスマホの画面に表示されているのは有賀の名前だった。日野の前で有賀からの電話に出ることに躊躇《ちゅうちょ》はあったが「出ないんですか」という日野の言葉に渋々電話に出た。

『あ、里中さん？　そっち大丈夫？　この辺落雷で停電してるんだけど』

「こっちもです。一帯真っ暗で……」

『まえに、雷苦手って言ってたろ？　心配で電話してみたんだ。やっぱり寮も停電してるんだ。苦手なら尚更心細いよね？　一人で平気？　なんなら僕、そっちに行こうか？』

「え？」

『あ……いや。変な意味じゃなくて。心配だから傍にいれたらって思ったんだ』

弥生は日野に背中を向けて声を落とした。

「あ、いえ。……大丈夫です。こんな天候で停電までしてるので、来る途中でなにかあったらと思うとそのほうが心配なので……」

その言葉は本心だ。いま、この部屋に日野がいることとは関係ない。

「本当に、大丈夫ですから。もしなにかあったら、一番に有賀さんに連絡します。だから
──」

弥生の言葉を黙って聞いていた有賀が電話の向こうで小さく息を吐いた。

『分かった。困ったことがあったらその時は遠慮しないで』

耳元で響く有賀の優しい声にほっとしたとき、背後に気配を感じて振り返ると、日野がすぐ後ろに立っていて、会話に聞き耳を立てていた。

——なにしてんのよ！　思わず声に出そうになったが、弥生は慌ててその言葉を飲み込んだ。いま日野が弥生の部屋に来ていることは有賀に知られてはいけない。

そのとき日野が後ろから弥生の身体にそっと腕をまわした。

「ちょ……」

驚いて声を上げると、電話の向こうで有賀が『どうしたの？　大丈夫？』と弥生に訊《たず》ねた。

身体は日野の腕に拘束されたまま。彼がそっと弥生の耳もとに息を吹きかけたかと思うと弥生の反応を楽しむように耳を舐《な》め、首筋に唇を押し当てた。

「……っ」

こんな悪戯をするなんて趣味が悪いにも程がある。

『里中さん？　大丈夫？』

「あ、いや。大丈夫です！　ちょっと暗闇で躓《つまず》いて……っあ」

『危ないから、気を付けて』

心配してくれる有賀の優しい声も、日野の悪戯に耐えることに精一杯でほとんど弥生の

耳に届かなかった。

弥生が余計な声を出せないのと、抵抗できないのをいいことに、日野は普段よりも大胆に遠慮なく弥生の身体に触れてくる。

『真っ暗だと怖いよね？』

「あ……っ、はいっ」

始めは部屋着の上から胸に触れ、好きなように揉《も》みしだいたあと今度は直接肌に触れ、硬くなった先端を指で執拗《しつよう》に弄ぶ。日野のほうも弥生が声を上げるか上げないかのギリギリのラインの刺激を与え、弥生が思わず熱い声を漏らしそうになると、その手を緩めて反応を楽しんでいるようだった。

「――っふ」

日野の指先の刺激に身体の奥が熱くなる。

『里中さん？』

「あのっ……あ！　ごめんなさい。もう……電話切りますね。停電中に電池がなくなってしまうと困ると思うので……」

日野に与えられる刺激にこれ以上堪えきれなくなった弥生は、有賀にそう提案した。

『それもそうだね……。本当に傍にいられたらよかったんだけど、ごめんね』

「電話、ありがとうございました。嬉《うれ》しかったです」

やっとのことで電話を終わらせた弥生は、スマホを手にしたまま日野を睨みつけた。

「もう、なに考えてるのよ！　あんな悪戯……」

「気持ちよさそうな声我慢してたくせに」

「そ、れはっ……」

違うから、と弁解しようとした瞬間、再び空が割れんばかりの雷鳴が轟《とどろ》いた。

「きゃあああっ！」

恐怖で思わず日野にしがみつくと、日野がそんな弥生をそっと受け止めた。

「身体、震えてる」

小さく笑いながらも触れたところから伝わる彼の体温になぜかほっとしていた。

「大丈夫ですよ。雷なんて、建物の中にいれば怖いことなんてないです」

確かに建物の中にいれば滅多なことはないのだろうが、そういった物理的状況よりも日野が言った『大丈夫』という言葉のほうが何倍も弥生を安心させた。

いまが一番のピークなのだろうか。再び響いた轟音に弥生は日野の腕を強く摑んだ。

「はは。すごい密着度」

分かっている。分かってはいるが、弥生は日野から身体を離すことができなかった。

日野の手が弥生の肩をそっと撫《な》でた。その手の温かさがやけに心地よくて、弥生は夢中で彼にしがみついた。

どれくらいそうしていただろう。次第に雷の音が遠ざかり、すぐ近くで聞こえていた激しい雷の音がゴロゴロと小さなものに変わっていく。

「――だいぶ、遠ざかりましたね」

日野の言葉に、弥生はようやく彼にしがみついたままの手の力を緩めた。

「あ……ごめん」

いまだ辺りは停電したままで、どれくらいの時間日野が弥生を受け止めていてくれたのかは分からなかったが、弥生がそっと身体を離すと今度は日野が身体を寄せてきた。

「な、なに？」

「そっちからしがみついてきたくせに、用済みになったらポイですか？」

「べつにそういうわけじゃ……」

恐怖心からとはいえ、弥生が無理矢理しがみついたみたいなものだ。日野が仕方なしに受け止めてくれていたのだとしたら申し訳ないと思っただけだ。

「里中さんは、さっきの熱、持て余してませんか？」

そう言った日野が部屋着の上から弥生の胸に触れた。有賀との電話中に日野が執拗に触れて敏感になっている箇所だ。

「ほら、まだ先が尖《とが》ってるじゃないですか」

日野が今度は指の腹で、弥生の胸の先を擦る。

「ちょっ……やだ」

「なにが嫌？　さっきだって気持ちよさそうな声必死で抑えてたくせに」

「日野くんが触るからでしょ！」

「有賀さんと話しながら、俺に身体好きなように弄られてどうでした？」

そう訊ねた日野が少し意地悪な顔で微笑んで弥生の身体を引き寄せると、強引に弥生の唇を塞いだ。

「ん……っ」

日野の胸を押し返して抵抗を試みたが、そんなものは日野にとって大した障害ではなかったのかさらに身体を近づけて来た。

「里中さん、俺と気持ちいいことするの、嫌いじゃないでしょう？　ほらもっと舌出して」

たかがキス。日野にキスされるのはもちろん初めてじゃない。

彼が弥生の唇を軽く食んで、舌が口内をゆっくりとかき回す。キスをしているだけなのに、身体中の力が徐々に抜けていき、足元からぞわぞわとした感覚が這い上がって来る。立っていられなくなって膝から崩れた弥生の身体を日野が受け止め、そのまま弥生を抱き上げベッドに横たえた。

――ダメだ。このままじゃ、また流されておかしなことになってしまう。

「日野くん……待っ」

精一杯の抵抗も虚しく、日野のキスによって気持ちいいということ以外何も考えられなくなっていく。思考はだんだん麻痺《まひ》していくのに、身体の感覚だけが敏感になって研ぎ澄まされていくようだ。

日野の手が弥生の下着に掛かり、弥生の熱を持った部分を指先で刺激した。

「里中さん。ここもすでにトロトロですよ。キスだけでこんなに濡《ぬ》れちゃったんですか」

そう言った日野が、弥生の熱を持った一番敏感な部分に指を這わせた。

「あ……っ」

声を漏らした瞬間、日野が弥生の中にその細くて長い指を沈めた。真っ暗な部屋の中、遠ざかった雷鳴の名残のような音しか聞こえない静かな部屋に、自分の潤みと日野の指が擦れあう生々しくも湿った音が響く。

「あぁ……嫌ぁっ」

「嫌？　本当に？　里中さんのココがすごく気持ちいい音立ててるのに？　よく聞いてくださいよ。すごくいやらしい音、俺の指と擦れてほら……」

日野が弥生の奥をさらに強く弄ってわざと音を立てる。くちゅくちゅといやらしい音を立てていた潤みから日野が指をゆっくりと引き抜いて、弥生の目の前で愛液が糸を引く様子を見せつけた。

「や……だっ」

恥ずかしさのあまり弥生が両手で顔を覆うと、日野がその手を顔から引き剝がした。

「どうして顔隠すんですか？　恥ずかしがってる顔、すごくいいのに」

「もう、やだ。意地悪……しないで」

「意地悪じゃないです。可愛いって褒めてるんですよ。俺、里中さんのそういう顔もっと見たいです」

そう言った日野が、再び弥生の唇を塞いだ。

──ダメだ。バカになる。

どうしてなのだろう。日野と身体を合わせることがとてつもなく心地いい。頭では分かっている。自分たちは恋人ではないし、日野はただ弥生の身体に触れることで、安眠を得たいだけなのだと。

「ア……やぁ、あ」

分かっているのに、身体がいうことをきかない。指で中を弄られて、その指使いだけでこんな淫らな声を上げている自分が信じられない。

「そんな顔……もっと苛めたくなるでしょう」

「なに、それ……っ」

「里中さんが、乱れてんの興奮するんですよ。歴代の彼氏さんと、俺しか知らないんでしょ、この顔は」

歴代の彼氏──といっても、弥生が付き合ったことがあるのは学生時代を含めたった三人だけ。高校生の頃は手を握っただけで顔を赤らめるような清いお付き合いだったし、大学時代に付き合った彼氏はどちらかといえば淡泊だった。

聡介とももちろんセックスはしたが、訳が分からなくなるほど乱れたことなどない。

「もっと足開いて。じゃないと、里中さんが好きな奥まで届かないですよ」

そう言った日野が弥生の身体を開き、弥生の奥深くに指を差し入れた。その瞬間全身に痺《しび》れが広がる。

「……ああっ、やぁん」

「いい声。もっと甘い声出して」

「なに、言って……」

「ほら。もっと気持ちよくしてって、甘く喘《あえ》いで」

どうして、相手が日野だとこんなふうになってしまうのだろう？

日野の体温が、耳元で響く心地の良い低音が、弥生の身体を溶かしてぐずぐずにしてしまう。こんなの、知らない。身体が疼《うず》いて疼いて、もっと先の快感に飢えていくような感覚は——。

日野が身体を密着させ、自身の昂《たかぶ》りを弥生に押し付けた。

「か、硬いの当たってる……」

「わざと当ててるんです。もう中に入りたいんだって意思表示ですよ」

「あからさま……」

「一番伝わりやすいでしょう？　ダメですか？」

そう訊ねた日野の、これ以上堪えきれないという切羽詰まった表情にほだされる。日野が弥生の腰を抱え、昂りで弥生の潤みを擦り熱い息を零す。

「ああ……っ」

——気持ちよくなりたい。日野に気持ちよくしてほしい。

堪らなくなって自分から日野を求めた。大胆なことをしているのは自分でも分かっている。それでも、日野の熱と質量を身体の中に感じて、身体の中も頭の中も日野で埋め尽くされて、他のことを考える余地がないことがある意味心地いい。

「すごい締めてくる。気持ちいい？」

「……気持ち、い」

弥生の言葉に日野が満足げな表情を浮かべると、腰の動きを早め、さらに弥生の身体の奥深くまで突き上げた。

「……っああ！　待っ、おかしくなっちゃ……っ」

「俺も、イく……」

弥生の身体が自分の意思とは無関係に痙攣《けいれん》し果てたのと、日野が呼吸を乱しながら小さく身体を震わせ果てたのは同時だった。


台風の影響による停電が復旧したのは明け方近かった。

弥生がふと目を覚ました時、すでに電気が復旧し部屋の明かりが点いていた。弥生の隣では日野がまだ小さな寝息を立てていて、弥生が少し身体を起こして時間を確認すると、日野が小さく動いて眠ったまま弥生に身体を寄せてきた。

「……どこが不眠症なのよ。腹が立つくらい気持ちよさそうに眠ってるじゃない」

日野と過ごした翌朝はいつも日野が部屋を出たあとで、弥生が起きたときに日野の寝顔を見るのは初めてのことだった。

「睫毛《まつげ》……長い」

よく見ると整った顔つきをしていて、前髪が完全に下りていると少し幼く見える。

弥生は日野の寝顔を見つめながら、そっと手で日野の顔に触れてからはっとしてその手を引っ込めた。

――私、なにしてるんだろう。どうしてこんな……愛おしいものに触れるみたいに。

思いがけない行動を誤魔化すように、慌てて布団を被った。ふわと柔らかく鼻をくすぐる日野の匂いに、弥生の身体が昨夜の熱を思い出したかのように小さく疼いた。

日野に抱かれるたびに、身体が敏感になっていくのを自覚する。日野に触れられるたびに弥生の中で何かが目覚める。自分でも知らなかった未知の感覚に戸惑いながらも、身体を重ねれば重ねるほどその感覚に嵌《は》まっていく。

日野との行為が嫌なわけではない。むしろ、いいのだ。

自分の意思だけでは、すでに彼に抗えなくなっている程に。

9　思わぬ気持ちと胸の痛み

週末のレストランは朝から慌ただしい雰囲気に包まれていた。それもそのはず、今日はレストランウェディングが行われるからだ。会場にはすでに音響機材がセットされ、主任の沢木が確認作業をしている。

「細田くん。高砂もうちょっと西にずらして。じゃないとケーキ台とバーカウンターが入らなくなる。あと、ここもしっかり空けて。動線塞がないように」

弥生も普段より少し厳しい口調で後輩たちに指示を出しながら会場全体のテーブル配置などを確認した。

「こんにちは！　お世話になります。フラワーベルです」

レストランの入り口に花屋がやって来て、弥生は作業の手を止めて花屋の元へ向かった。

「すみません。カウンターの上に置いておいてもらえますか」

「分かりました。じゃあ、サインだけ」

「あ、はい。今日は一段とお花が豪華ですね」

弥生は花屋から差し出された伝票にサインをしながら、各テーブル用に器に生けられた生花に視線を移した。

「ええ。お客様たっての希望で」

「すごく素敵です」

「ありがとうございます。それじゃ、また……」

「はい。ご苦労様です」

弥生がそうしている間にも、テーブルに婚礼用の白いクロスが掛けられ、会場がウェディング仕様にセッティングされていく。

今日の婚礼担当は有賀で、以前下見に来てくださったお客様の披露宴だ。そういった意味でも気合が入る。

レストランウェディングは、ホテル内の年間披露宴の数のうちの二割程度に留まる。各会場それぞれに特徴があり、二階にある宴会場の方がロビーから近いこともあり利便性もよく、会場も広いためやはり一番人気が高い。最近需要が伸びて来ているのが、十階にある宴会場での披露宴だ。高層階の宴会場は景観が売りとなっている。

レストランは収容人数自体が少なく、五十人から六十人規模の披露宴が限度であることから、親しい友人や親戚などとのアットホームな雰囲気の披露宴を希望するカップルに好まれている。

「レストランの皆さん、おはようございます。今日はよろしくお願いいたします」

担当の有賀が挨拶にやって来た。爽やかな笑顔が今日も眩《まぶ》しい。

「本日の披露宴は十一時半からです。十一時の写真撮影のあと、こちらにお客様をご案内いたしますので皆さんよろしくお願いいたします」

有賀の言葉にスタッフ全員が「よろしくお願いします」と声を揃《そろ》えて返事をした。

新郎新婦にとって一生に一度の大切な日。ご満足いただけるよう精一杯のおもてなしをするのがサービスマンの仕事だ。

披露宴が始まって二時間ほど経過した午後一時半過ぎ。

新郎新婦の友人たちが余興で会場内を盛り上げているのを弥生たちは会場の隅で見守った。

幸せそうな顔で高砂席に並んで座り、余興を楽しんでいる新郎新婦をみていると、こちらまで幸せな気持ちになる。

普段のレストランでのサービスももちろんやりがいがあるが、こうして誰かの一生の思い出に残る幸せな時間の手伝いができるのもまた格別だ。

披露宴を終えてスタッフ総出で会場の片づけをしているところへ有賀が顔を出した。

「皆さん、今日はいろいろとありがとうございました」

スタッフ全員に声を掛けてから、有賀がさりげなく会場の入り口付近で片づけをしていた弥生の元へやって来た。

「今日は、お疲れ様でした」

「有賀さんこそ、お疲れ様でした。素敵な披露宴でしたね」

「本当に。進行もスムーズで、ほぼ定刻通り。さすがですね、里中さん」

「いえ。司会がベテランの方で、お上手だったので……」

「はは。なに言ってるの。その司会者に指示出してたの、里中さんでしょう。披露宴の最中、邪魔しないようにはしてたけど、何回か顔出させてもらってたからね」

「え、そうだったんですか?」

自分の仕事ぶりを有賀に見られていたのだと思うと、なんだか恥ずかしさが込み上げる。

そんなやりとりの最中に、ふいに背後から「お疲れ様です」と声を掛けられ、弥生と有賀は揃って「お疲れ様です」と返した。

「あの、小野田課長ってどちらに……」

弥生にそう訊《たず》ねたのは日野だった。

「あ、えっ? た、たぶん事務所にいると思う」

弥生が慌てて答えると、日野が弥生をしばらくの間じっと見つめてから「どうも」といつものように愛想なく踵《きびす》を返してレストランを出て行った。

――なに、いまの間! しかも、なんで動揺してるの、私。

有賀といるところを日野に見られたからと言って、べつに不都合なことがあるわけでもないのに。

「それじゃ、僕も行くね。僕も小野田課長に挨拶しとかないと」

日野のあとを追うようにレストランを出て行った有賀を見送りながら弥生は小さく息を吐いた。

＊　　＊　　＊

休日に買い物を終えて寮に戻った弥生は、乗っていた自転車を駐輪場に停めた。両手に荷物を抱えて階段のほうへ歩いて行くと、仕事から帰宅した日野と階段下で顔を合わせた。

「お疲れさま」

「里中さんは休みだったんですか。てか、大荷物ですね……」

「うん。近くのスーパーで安売りしてたの。ついつい買い過ぎちゃって」

両手に持った荷物を掲げると、日野がそのうちの一つに手を伸ばしたので、弥生は素直に日野に荷物を渡した。

階段を昇りながら先を行く日野の背中を見つめる。

有賀のように見た目からして優しさが溢《あふ》れている感じと違って、態度はそっけないけれどちゃんと弥生を気遣ってくれている。

階段を昇り終えて部屋の前に着くと、日野が代わりに持ってくれていた荷物を弥生に差し出した。

「……ありがと」

お礼を言った瞬間に、ぐるるる……と急に弥生のお腹が鳴り、気付いた日野がふっと笑った。時間はすでに午後六時半。そろそろ腹の虫も鳴く時間帯だ。

「腹減ってるんですか？」

「そりゃそうよ。もう夕食の時間だもん」

「じゃあ……飯でも行きます？」

「え？」

「今日は近所にラーメンでも食いに行こうかと思ってたとこなんで、もしよかったら。たまには奢《おご》ります」

近所のラーメン屋というのはたぶん寮から歩いて五分程度のところにある、寮住まいの社員たちに人気の店だ。価格もリーズナブルで味もいいことから、弥生もお気に入りで月に一度くらいの頻度で訪れる馴染《なじ》みの店だ。

「いいけど……」

「じゃあ、決まりで。俺着替えるんで、十分後に」

「分かった」

仕事用のスーツを脱ぎ、下ろした前髪に黒縁眼鏡という弥生が見慣れた姿に戻った日野と共に行きつけのラーメン屋の赤い暖簾《のれん》をくぐった。

「へい、いらっしゃい！」

いつもの店主の威勢のいい声が響く。

すでに店は混み合っていたが、平日の夜で待つほどのお客で溢れているというわけでもなく、弥生は「奥、いいですか？」と店主に声を掛けて空いている席に座った。

「そういえば。里中さんと外で飯食うとか、今までなかったですね」

「あ、確かに」

二人での家飲みや、皆で弥生の部屋で食事をしたことはあるが、外でというのは初めてかもしれない。

「注文、お決まりですか？」

店員がさっそく声を掛けて来たので、それぞれ好きなラーメンを注文した。

「里中さん。餃子《ぎょうざ》も食います？」

「食べる」

「じゃあ、十個のほう一皿」

日野が注文を済ませ、弥生はテーブルの脇にあるグラスを二つ取り、冷水ポットからグラスに水を注いでそれぞれの前に置いた。

奈緒や筒井ともよくこの店に来ていて慣れているというのもあるが、日野と二人でいても普段の自分でいられている。日野にはすでにいろいろと酷い部分を見られているというのもあるが、有賀といるときのような緊張感はなく、一緒にいるときの空気感が居心地よく馴染むような気がする。そこまで考えて弥生ははっとした。

――って。なに比べてるんだろう？

「はい、お待ち」

注文したラーメンと餃子が運ばれてきて、弥生はそこで思考を止めた。

「美味しそう！」

日野がテーブルの端にある割り箸を取って弥生に手渡した。

「里中さん、餃子半分食っていいですよ」

「うん。ありがと」

日野が早速出来立ての餃子を口に入れた。その瞬間、口をもごもごと動かした彼の目にほんのり涙が滲《にじ》む。

「熱かったんでしょう？」

日野が片目を瞑《つぶ》ってこくこくと頭を振った動作が妙に子供っぽく可愛らしく見えて、弥生は思わず吹き出してしまった。

「日野くんってさ。うちに来る前は、どこで何してたの？」

「リゾートホテルで働いてました。専門学校出てからずっとなんで、五年ちょっと……ですかね。里中さんは？」

「私は大学出てからずっとここ。最初は事務職希望で入ったんだけど、料飲に配属されていつの間にか現場のほうが楽しくなっちゃって」

そんなことを話しながら弥生はふと思った。日野と接点ができてから、改めてお互いのことを話すのは初めてだった。

「時間は不規則だし、拘束時間も長いし、仕事はきついし……大変なことも多いけど、人と接することが好きみたいで、お客さんが楽しそうだと自分まで楽しくなっちゃって」

「確かに、楽しそうに仕事してますもんね」

「え？」

「俺、転職してきてすぐ、社内案内してもらってるときに里中さん見掛けたんですよ。美人だから目を引いたってのもあるかもしれないですけど、仕事してる姿が楽しそうだなって思ったの覚えてます」

「……え、なにそれ」

思わぬ褒め言葉に動揺して、こんな返事しかできない自分は本当に素直じゃない。

でも、自分が仕事をしている姿が日野の目にそんなふうに映ったのだとしたら弥生にとってはとても嬉《うれ》しいことだ。

「え？　ていうか、私って美人なの？　日野くんから見て」

「は？　ソコですか？」

「だって！　言われたことないもん、男の人からそんなこと。一瞬口説かれてんのかなーって」

「普通に美人でしょ。まぁ、一般論ですけど」

日野の言葉が照れくさくて敢えて茶化すように訊《たず》ねたのに、日野が普通に返答してきて、却って弥生のほうが恥ずかしい思いをすることになってしまった。

――真面目な顔で、さらっと美人とか言わないでよ。

最近、日野といるとなんだか調子が狂う。居心地が悪いわけではないのに、どこかむずむずするようななんとも言えない気持ちになる。

日野が皿の上の餃子を頬張り、最後の一つを箸でつまむと、弥生の前に差し出した。

「な、なに？」

「最後の一個。里中さんたいして食ってないでしょ。あげます」

――って！　こんな「あーん」的なシチュエーションを受け入れられるとでも思っているのか、と弥生は心の中で突っ込んだ。

「ほら、食わないんですか？　食わないと俺食っちゃいますけど」

日野が箸をゆらゆらさせながら意地悪に微笑む。

「食うの？　食わないの？」

「食べるわよ！」

弥生が彼の手にした箸ごと摑《つか》んで自らの口に運ぶと、箸ごと取り上げられた日野がそんな弥生を見て唖然《あぜん》とした表情を浮かべた。

からかったつもりなのかもしれないけれど、おあいにく様！

フンと荒い鼻息を吐き出すと、日野がそんな弥生の表情を見て吹き出した。

「……里中さん、おもしろいな」

「日野くんが変に弄るからでしょ！」

ひとしきり笑い終えた日野がグラスを手に取り、一気に水を飲み干した。

「俺、里中さんといると不思議と笑えるんですよ。久々なんです。こんなふうに笑えるようになったの」

そう言った日野が弥生の手から箸を取り、再びラーメンをすすり始めた。

「なに、それ……」

それまでは、笑えなかったってこと？

黙々とラーメンを食べる日野を見ていたら、なぜだか分からないが胸の奥のほうがギュッと痛くなった。

一体、何があったのだろう？　どうして笑えなかったのだろう？

弥生はいま日野のことをもっと知りたいと思っている。

知ってどうするの？　この気持ちは友情のようなもの？　それとも――？

「やっぱ旨いっすね、ここのラーメン」

いつの間にか食事を終えた日野が、額の汗を軽く手のひらで拭いながら言った。

「あ……うん。だよね！　私、月一くらいで来てるんだ」

「俺もです」

これまでだって同じ職場にいたのに、隣の部屋に住んでいたのに。そんな日野と、いつの間にかただの同僚以上に距離が縮まっている。

人との関わりというものは本当に不思議だ。だからこそ思う。人生に起こることすべてが、偶然ではなく意味のある必然なのではないかと。

あの夜、聡介にフラれてしまったことも、同じ夜に日野に拾われたことも、もしかしたら意味のあることなのかも――。

「そろそろ行きますか」

日野がブルゾンを手に席を立った。弥生も慌ててパーカーを羽織り、日野の後を追い掛ける。

「親父さん、ご馳走様《ちそうさま》でした」

結局、本当に日野が奢ってくれることになり、弥生は厚意に甘えることにした。

「ご馳走様でした。ありがとう」

「いいですよ、これくらい」

そう答えて財布をポケットに突っ込んだ日野が弥生の顔をじっと見つめた。

「な、なに？　なにかついてる⁉　あんまり近くで見ないでよね、私、今日スッピン」

弥生が腕で顔を隠そうとすると、日野がそんな弥生を見て小さく笑った。

「ついさっきまで、もっと明るいとこでスッピン見てましたけど」

日野が弥生の腕を掴んで、反対の手の指で弥生の口の端に触れた。

「ここ、海苔《のり》ついてます」

「ええっ⁉　やだ、早く言ってよ」

弥生が慌てて口元を隠すようにすると、日野の手がそれを素早く遮った。

「ちょっとじっとしてて」

そう言った日野が、指の腹で弥生の口の端をそっと擦った。その指が優しくて温かくて、なぜだか弥生の胸をざわつかせた。

「冷えて来ましたね。急ぎますか」

日野が弥生に触れた指を離し、ゆっくりと歩き出した。

寮までの道は、大通りから一本中に入っていて人通りも少ない道だ。街灯が照らし出す日野の後ろ姿。次第に速度を速めて歩く彼のその背中を見ているだけで鼓動が速くなる。

――なんか、変だ、私。

いつからとはっきり言えるわけではないが、日野のことを意識している。

途中にある信号機のところで、日野に追い付いた。呼吸を整えて大きく息を吐くと、日野が何かに気付いて慌てて弥生の腕を摑んで引き寄せた。

その直後、チリチリーンとベルを鳴らして一台の自転車が弥生の横を通り過ぎて行った。

「危ないな。ふらふらしてたら轢《ひ》かれますよ」

呆《あき》れたように弥生を見つめた日野が弥生の腕を離し、少しずれた眼鏡を中指でそっと押さえた。ほんの一瞬摑まれた腕に、日野の熱が残る。

「ほら。信号青です」

日野が横断歩道を渡り、弥生は黙って彼のあとを追った。

さっきまで追い付くのが大変だった日野の歩調が少し緩んで、弥生が普通に横に並んで付いていける速度に落ちた。

もしかして、自分に合わせてくれているのだろうか、とちらりと日野を見ると、そんな日野と目が合った。

「なんですか？」

「なんでもない」

ふいと視線を逸らして弥生が歩調を早めると、日野も同じように歩調を早め、何がおかしいのか小さく笑った。

近所のコンビニを過ぎ、あと少しで寮に着くというところで、弥生のパーカーのポケットに入っていたスマホが鳴った。電話の着信ではなく、ＳＮＳのメッセージであったが、画面に表示された名前にどきっとして弥生が足を止めると、それに気付いた日野が振り返った。

「メッセージですか？」

「あ――うん」

「有賀さん……ですか？」

探るように、でも確信を持った目で訊ねた日野に「べつにいいでしょ、誰でも」と誤魔化すと、彼が突然弥生の腕を掴んだ。

「里中さん。あの人と付き合ってるんですか？」

「え？」

「詳しくは言えないですけど……あの人はやめたほうがいいと思います」

「なに？　どうして日野くんがそんなこと言うの。私が誰とどうしようと日野くんには関係ないでしょ」

なぜ日野が突然こんなことを言い出したのかが、弥生には分からない。

「理由を言ってよ」

弥生が訊ねると、日野が何か迷いを見せながら小さく呟《つぶや》いた。

「……俺が嫌だからです」

「なにそれ」

「とにかく、有賀さんには気を付けたほうがいいですよ。でないと、里中さんが傷つくことになるかもしれません」

珍しく強い口調で言った日野が、弥生に背を向けるとそのまま目の前に見える寮へ向かって歩いて行った。その場に取り残された弥生は次第に小さくなっていく日野の後ろ姿を見つめ、やがて彼が寮の階段を駆け上がっていくのを唖然としたまま見送った。

いまの、なに？　どういう意味？

日野は時々、意味深な言葉を投げつけてくることがある。けれど、その大半は弥生をからかっているとか、その反応を見て楽しんでいるだけだ。

でも、いまのは――？　俺が嫌だから――って。

それってまるで。そこまで考えて、弥生は頭に思い浮かんだ可能性を打ち消した。

「そんなわけないか……」

日野はただ、理由は分からないが自分の不眠の解消源となる弥生を、ある種お気に入りの抱き枕的な意味で必要としているだけなのだ。それを好意だなんて勘違いしてはいけないと思う反面、最後に日野が残した言葉が弥生の中で大きく引っ掛かっていた。

——あの人には気を付けたほうがいい。

気を付けるって、どういう意味？

弥生にとって日野は未だよく分からない、得体のしれない男ではあるが、浅い付き合いの中でも知り得たことはたくさんある。日野は理由もなく人を悪く言うような人間でもなければ、意味のない余計な忠告をするような人間でもないということを、弥生はすでに知っている。

＊　＊　＊

それから数日後、弥生は有賀からデートの誘いを受けた。

正直、先日の日野の忠告が気にならなかったわけではないが、弥生が納得できるような理由を聞かされたわけでもない。

仕事のあとに弥生が有賀に連れて行かれたのは職場からほど近い、オープンして間もないワインバーだった。駅近くの繁華街の路地を入ったところにあり、入口から地下の秘密基地へと繋《つな》がっているような階段を降りると、意外にも温かみのある隠れ家のような空間が広がっていた。

カジュアルな雰囲気のバーで、店の客層も近所の常連が中心のようだ。料理の種類も多く、ワインに合う料理をジャンルにとらわれず提供しているという感じだった。

「んー！　美味しい！」

弥生が料理を頬張りながらグラスに入ったワインを飲むと、テーブルを挟んで目の前に座っていた有賀が嬉しそうに微笑んだ。

「里中さんって本当に美味しそうに食べるね」

「え？　そうですか？」

「最初に食事に行ったときから思ってた。そういう顔してもらえると連れて来た甲斐《かい》がある。僕も嬉しいよ」

有賀が微笑んだ瞬間、彼のスーツの胸元のスマホが鳴り、有賀が画面を見て少し顔をしかめながら「ちょっとごめん」と席を外した。慌てて席を立ったことから、きっと仕事の電話なのだろう。

彼が階段を昇って行く姿を目で追いながら、弥生は一杯目のグラスワインを飲み干した。

有賀とのデートは楽しい。彼はとても大人で話題も豊富で、女性の喜ばせ方を知った紳士だ。余裕のある振る舞いとストレートな言葉は、実際弥生の心をくすぐり、時々顔を覗《のぞ》かせる〝素〟の部分とのギャップが更に彼を魅力的に見せる。

『――あの人はやめた方がいい』

彼はあんなふうに、わけの分からないことを言ったりしない。

――って、誰と比べてるんだろう。

「あ、グラス空だね。僕、次はサッパリした赤行きたいなと思って。里中さんは？」

電話を終えて戻って来た有賀が、弥生の空のグラスに気付いて言った。

「私は……さっき飲んだのがちょっと辛口だったんで、甘めの白が飲みたいかなぁと」

弥生が答えると有賀が店員を呼び止めて、それぞれの要望に合う店員お薦めのグラスワインと適当なつまみを注文した。

「グラスでいろいろ試せる店っていいよね。それぞれ好きなの楽しめるし」

「ですね。ボトルだと飲み切れなかったりしますしね」

「確かに。残すの申し訳なくて無理して飲んだら酷く酔っ払って失敗した記憶があるよ」

「有賀さんでも、お酒で失敗とかあるんですか？」

「そりゃ、あるよ。里中さんは？　そういうのないの？」

そう訊ねられて、思いきり身に覚えがあり過ぎて、それが顔に出ていたのか有賀が弥生を見て小さく笑った。

「はは、思い当たることがある顔だ。里中さん、酔うとどうなっちゃうの？」

「どうにもなりませんよ。あんまり変わらないって言われます」

「そうかな？　あ、でも頬がピンクになるとことか可愛いね」

　有賀の返しに、弥生は慌てて両手で頰を隠した。どうしてこの人は、可愛いなんて言葉を息を吐くように自然に言うのだろう。

「あと、普段よりお喋《しゃべ》りになるところも可愛い」

「ちょ……待ってください、有賀さん。そんなこと言われ慣れてなくて……いま、すごく恥ずかしいんですけど」

「そうやって照れてる顔もいいね」

「……やめてください。本当恥ずかしいです」

「ははは。本当のことなのに。里中さん、なかなか僕に心開いてくれないから、こうして少しお酒が入ってるときに攻め込んでみようかと思ったんだけど」

　有賀に好きだと言われたことはないが、向けられる好意はストレートで分かりやすい。

「僕はね、このまま食事友達になるつもりはないんだよ？　気になる相手のこと知りたいって思うから食事に誘うし、相手が心開いてくれたらそこに踏み込んで行きたいし、それが許されたら自分のものにしたいって思うし。急かすつもりはないけど、僕のほうにはそういう気持ちがあるんだよってことは伝えておきたくてね」

　そう言って片目を瞑って微笑んだ有賀にドキッとした。

　彼といる時間は楽しくてあっという間だ。何度か食事をして、少し遠出のデートをして、それでも深く踏み込んでくることをしない、先を求めて来ないのは大人である彼なりの気遣いだと分かっている。

真っ直ぐな言葉で、思ったことを伝えてくれる彼とならーーそんなふうに心が揺れる。

なのに、未だ彼の気持ちに応える覚悟ができないのはどうしてなのだろう?

それから小一時間ほど飲んで、二人で店を出たのは十一時近かった。

「遅いから、寮まで送るよ」

有賀が通りに出てタクシーを捕まえた。店から寮まではさほど離れていないが、普段あまり飲み慣れないワインを続けて飲んだからか、胸の辺りになんとも言えない重さを感じて俯《うつむ》いた。

「どうした? 気分悪い?」

タクシーの後部座席に並んで座っていた有賀が、弥生の異変に気付いた。

「あ、大丈夫です。少し酔いが回ったみたい……」

「少し顔色悪いな。ごめん、気付かなくて。寮まですぐだけど平気?」

「はい」

ーー失敗した。外でお酒を飲むときは、飲み過ぎないよう気を付けていたはずなのに。

そうしているうちにタクシーは寮に到着し、弥生は送ってくれた有賀に礼を言ってタクシーを降りた。

「心配だから、部屋まで送るよ。部屋に戻るまでになにかあったらいけないし」

そう言うと有賀は再びタクシーの運転手に「すぐ戻ります」と声を掛け、弥生の肩を抱いて歩き出した。

「部屋まで送り届けたらすぐ帰るから、変に警戒しないで。もし、歩くのきつかったら僕に体重預けていいから」

　有賀が肩を抱いてくれているのは弥生を気遣ってのことだ。どこまでも紳士的な振る舞いに、ますます心が揺れる。寮の階段を一段一段ゆっくりと昇って部屋の前に着くと、有賀が安心したように弥生の肩から手を離した。

「遅くまで付き合わせてごめん。無理して飲ませちゃったかな?」

「そ、そんなことないです！　私がっ！　ワインがすごく美味しくて、楽しくて！　思わず飲み過ぎちゃっただけで……」

「だったらいいんだけど。——また、誘ってもいい?」

　弥生が小さく頷《うなず》くと、有賀の手が弥生の頬にそっと伸びた。

「頬だけじゃなく、首までピンク色だ。あんまり飲ませちゃダメだね。ピンク色の肌がすごく色っぽく見えてしまう」

　彼のほうもアルコールが入っているせいなのか熱のこもった目で見つめられて、弥生は身動きが取れなくなってしまった。

　ゆっくりと近づく彼の顔、目の前に差す影。温かな彼の唇がそっと弥生の唇に重なった。

　遠慮がちに重なった唇は、一度距離を取り、彼の視線と弥生の視線が絡んだのち、再び角度を変えて重なった。

　普段から紳士的な有賀でもこんな情熱的なキスをするんだ。有賀から求められるのは初めてだった。

「……ごめん。里中さんが、あんまり可愛いかったから」

そう言った有賀が身体を離して「タクシー待たせてるんだった」と言い残すと、慌てて階段を駆け下りて行った。

彼とのキスを、嫌だとは思わなかった。

有賀といるとドキドキする。自分に向けられる彼の真っ直ぐな言葉と、行動に、心が揺れる。もし、彼を好きになれたなら、今度こそ幸せになれるだろうか。

10　明かされた真実

従業員食堂で昼食を済ませ、弥生がレストランの事務所に戻ると、先に食堂から戻っていた後輩の平山たちがデスクの上に広げられた箱菓子を品定めしていた。

そんな後輩たちを眺めていた課長の小野田が戻って来た弥生に気付いて声を掛けてきた。

「里中。お疲れ。おまえもこれ食うか？」

小野田が、個包装されたロールケーキを弥生に手渡した。

スタッフの誰かが旅行に行った土産菓子や、他部署からの差し入れなど、事務所のデスクの上には何かしらの食べ物が置いてあるのが常で、それをスタッフで分けて食べるのも珍しいことではない。

「どうしたんですか、これ？」

「ああ。ブライダルの有賀さんからだよ」

ふいに有賀の名前が出て、弥生はドキッとした。

先日のデートのあと、お互いのタイミングが合わず彼と顔を合わせていない。ただでさえ有賀と顔を合わせるのには緊張が伴うのに、あんなキスをされたあとだ、名前にさえ過敏になってしまうのは仕方がない。

「お土産ですか？」

「いや。さっき有賀さんの奥様がいらして、各部署へって置いて行ったんだと」

さらりと吐かれたその言葉に弥生は引っ掛かるものを感じ、その言葉を反芻《はんすう》して改めてはっとした。

「奥様……ですか？」

「ああ。すげぇ美人らしいぞ。フロントのやつらが騒いでた」

小野田の言葉を聞きながら、想像もしていなかった事実に弥生は目の前が真っ暗になってしまいそうなほどの衝撃を覚えていた。

「有賀さんって——ご結婚、されてたんですか？」

「知らなかったのか？　いま奥さん二人目のお子さん妊娠中だそうで、体調が思わしくなくて実家に帰ってたそうだが、だいぶ回復してきたみたいで有賀さんとこに戻って来てるんだと」

弥生は「そうなんですね」と不自然さを悟られないよう返事をするだけで精一杯だった。

「私も有賀さんが結婚してるなんて知らなかったですよ。さっき課長に訊《き》いてビックリしましたもん！」

平山が言うと、他の新人たちも口々に同様だと答えた。

「ああ、まぁ。最近まで奥さんの体調が思わしくなかったんだろ？　それもあって、敢え

「確かに！　有賀さん、最近うちに来たばかりですし、親密にならなければ踏み込んだ話もしないですよね。私なんて、未だにまともに喋《しゃべ》ったことないですもん」

そう言った平山に「まぁ、俺もたまたま少しまえに聞いたくらいだしな」と課長が付け加えた。

弥生はこれまで彼のプライベートをあえて訊《たず》ねたことがなかった。確かに彼の年齢的にも、ルックスや仕事ぶりを含めたスペックにおいても、一人でいることが不思議なくらいだったのに、どうしてそんな当たり前の可能性を考えもしなかったのだろう。

好意を向けられて浮かれていた？

こんな素敵な人が自分に――と心躍ったのも事実だ。現に弥生は何度も彼と食事に出かけ、共に時間を過ごしていた。それればかりか、先日のデートでキスをされたことにも、胸が躍る気持ちでいたのだ。

「おい里中？　これ、食わないのか？」

「……あ、いえ。いま、お昼食べたばかりなのであとでいただきます。ちょっと、更衣室に忘れ物しちゃったんで取ってきますね！」

そう貼り付けたような笑顔と不自然でない言い訳を作って、弥生はレストランの事務所を飛び出した。

あまりのショックに皆と一緒に笑える気分ではない。勢い余ってあの場から逃げ出してはみたものの、一人になれる場所などこの職場に多くはない。

弥生は一度ロビーに向かって歩き出し、そのまま用があるふりをして二階の宴会場の空き室に逃げ込んだ。今夜は宴会の予約は少ない。今夜使用予定のない部屋がいくつかあることは把握している。

弥生は一番小さな藤の間に逃げ込んだ。思った通り部屋の片隅に昼に入っていた会議で使った椅子が積み上げられているだけだ。

「……バカだ、私！」

——まさか彼が既婚者だったなんて。しかも、奥さんが妊娠中だったなんて。

確かめる術なんていくらでもあったはずなのに、彼が自分に向けてくれる好意を本物だと勘違いしていたなんて本当にバカだ。

彼氏に浮気されて、裏切りは懲り懲りだと思っていたのに、まさかまた同じことを繰り返そうとしていたなんて——。

彼に騙《だま》されていたことが悔しいのではなく、自分が知らないうちに巻き込まれていたことがショックだった。罪のない彼の奥さんを悲しませる立場になっていたかもしれない、と思うだけでどうしようもなく身体が震えた。

「本当、バカ……」

そう呟《つぶや》いた瞬間「こんなところでなにしてんだ？」と背後で聞き覚えのある声が聞こえ弥生は慌てて振り向いた。

「筒井……！」

「いや。廊下歩いてたらおまえがここ入ってくの見えたんだよ。――で？　なにやってんだ？」

「べ、べつに。ちょっと、一人になりたかっただけ」

さすがに苦しい言い訳かと思ったが、筒井がそれ以上の追及をしてこなかったのは、ある程度の事情を察しているからなのだと思う。筒井は弥生と有賀が何度か食事に出かけているのを知っているし、弥生や他の社員たちと同じように彼が既婚者だということを今日まで知らなかったからだろう。

「ま、いいや。五時にはここ閉めるからそれまでには出とけよ」

「……すぐ出る。私だってこれから夜の営業あるし」

「はは。そうだったな」

そう言うと筒井はそのまま宴会場を出て行った。

筒井の顔を見たら少し気持ちが落ち着いた。

――もう、やめよう。

知らなかったこととはいえ、有賀とこれまでのように会うことはできない。

不思議と恨み言を言いたい気持ちはなかった。彼が既婚者だと知ってショックだったのは、彼が自分に向けていた好意が偽物だったということよりも、いわゆる〝不倫まがい〟の当事者として巻き込まれてしまっていたということで、ある意味、彼に本気になる前に事実を知れてよかったという安堵《あんど》感のほうが勝っていた。

「あーあ……」

結局、有賀さんを好きになれていなかったんだな――。

ただその場の雰囲気にのぼせていただけ。本当の意味で心が動いていなかったのだ。


有賀が既婚であるということはその日のうちに職場中の人間に知れ渡っていた。

その事実にショックを受ける女性社員が多く、社内における〝有賀ロス〟が起こったとかなんとか。

「ほんとにごめん！　知らなかったとはいえ、変に弥生ちゃん炊きつけちゃったことあったから」

仕事を終えた更衣室で、偶然一緒になった奈緒に開口一番にそう言われた。

「いいの、いいの。知らなかったんだもん！　それに、有賀さんと出かけたのは事実だけど、本当に普通に食事しただけだし」

彼のスマートなエスコートにときめき、甘い言葉に少し浮き足立った気持ちになったことを否定はしないが、彼と弥生の間に不貞行為はなかった。それが、救いだ。

「有賀さんのこと見損なったよ！　結婚してること言わずに弥生ちゃんに近づくなんて」

奈緒の言葉に弥生も大きく頷《うなず》いた。

有賀にどんな思惑があったのかは分からないが、弥生に隙があるように見えたのかもしれない。聡介と別れたばかりで、気持ちが不安定だった。そんな隙に付け込まれてしまったたけなのかもしれない。

翌日ラウンジ番で八時に仕事を終えた弥生は、飲み物を買うために立ち寄った従業員食堂で偶然日野と顔を合わせた。

背中に荷物を背負って手に缶コーヒーを持っていることから、ちょうど彼も仕事を終えて帰るところのようだ。日野は内勤業務なので基本的に午後六時には仕事を終えるはずなのだが、何かあったのだろうか。

「お疲れ様。今帰りなの？　こんな時間まで珍しいね」

「お客様との打ち合わせが長引いたんです。——里中さんこそ早くないですか？」

「今日はラウンジ番。日野くんも帰るところなら一緒に帰ろうよ」

弥生が言うと日野が「いいですけど」と返事をした。

自販機で飲み物を買った弥生は、日野と連れ立って食堂を出た。同じ職場に勤めているが、一緒に寮に帰るのは初めてのことだ。

「私、自転車取って来るね」

従業員の通用口を出て弥生が駐輪場のほうを指さすと、日野がそのまま弥生のあとに続いた。十一月初旬、陽が沈んでから吹く風は冷たくすっかり冬の気配だ。

前カゴに荷物を入れ、自転車を引いて歩き出すと、日野が弥生の歩調に合わせて隣を歩く。

「ねぇ……」

「はい？」

「まえにさ、日野くんが私に有賀さんに気を付けるように言ったの……もしかして彼が結婚してるって知ってたから？」

弥生が訊ねると、日野が肯定とも否定とも取れる曖昧な表情で弥生を見た。

「いや……知ってたというか。もしかしたら、って思ってはいましたけど確証はなかったんで」

「確証？」

「二カ月くらい前、偶然街で有賀さんを見かけたんですよ。綺麗《きれい》な女性と小さな子供と一緒にいるとこ。デパートで買い物してるところだったんですけど、すごく親密そうで。ぱっと見た感じまるで家族みたいに見えたんで、ちょっと気になってた程度なんですが」

日野の言葉に弥生は「そうだったんだ……」と頷いた。

「里中さんこそ、気付かなかったんですか？」

そう言えば、思い当たる節はあった。二人で会っていると必ず誰かから電話が入って、頻繁に席を外すことがあった。

「私といるときによく、電話が掛かってきてたの。仕事の電話だって言ってたけど、何度も席外したり、急にデート切り上げて帰ることになったり」

「それって、奥さんからの電話だったんじゃ……」

「分からない。でも、そう言われればそんな気もしてくる」

「分かりやすい兆候あったんじゃないですか」

「そんなこと言ったって……！　独身だって普通に思ってたし。電話だってただ仕事が忙しいんだなって思ったくらいで」

日野の言葉に反論はしてみたものの、今となってはすべて苦しい言い訳でしかない。弥生が黙り込むと、日野も同じように口を噤《つぐ》んだ。

「――結局、私がバカだっただけだね。そういうの全然見抜けなかったんだもん。そりゃあ、元カレにも浮気されるってね」

半ば自虐的に自分の不甲斐《ふがい》なさを認めると、日野が少し険しい顔で弥生を見た。

「里中さんが悪い訳じゃないですよ。確かに気の毒だとは思いますけど、悪いのは里中さんを騙してた有賀さんと、浮気した元カレだ」

その時、ちょうど通りかかった従業員用の駐車場に、一台の社用車が入って来た。

車は弥生と日野の前を通過し、ヘッドライトの眩《まぶ》しさに思わず目を細めると、車から人が降りてこちらに向かって歩いてきた。

「日野くん、行こう」

弥生は日野を促したが、日野はその場で車から降りて来た人間を待ち構えていた。

「日野くんってば、早く帰ろう」

再び日野を促したのは、社用車から降りて来た人間が誰なのか分かったからだ。

社用車は何台かあるが、車の車種とナンバーを見れば、どの部署が使用している車かが分かる。日野もそれに気付いているからこそ、その場から動かずに車から降りて来た人間を待ち構えているのだ。

「お疲れ様です」

日野が車から降りてこちらに近づいて来た男——有賀に声を掛けた。

「お疲れ様。どうしたの、こんなところでまるで僕を待ち構えてるみたいに」

有賀が悪びれもせず日野と弥生を見比べながら言ったが、弥生は咄嗟《とっさ》に有賀から目を逸らしてしまった。

覚悟はしていたはずなのに、いざ彼を目の前にすると、自分が思ったより動揺していることに気付いた。

「有賀さん、里中さんになにか言うことないんですか?」

日野がそう言った瞬間、有賀がちらりと弥生を見た。

「どういうつもりで里中さんに近づいたんですか? 結婚してんのにどういうつもりで……」

いまにも有賀に摑《つか》みかかりそうな勢いの日野を宥《なだ》めるように、弥生は彼の腕を摑んだ。

「日野くん、いいから。だいたい日野くんには関係ないことでしょう」

「いいわけないでしょう。里中さん、こいつに騙されてたんですよ?」

日野の言葉に、有賀が小さく笑った。だが、その笑顔はこれまで彼が弥生に見せていた爽やかで優しさに溢《あふ》れる笑顔とは程遠いどこか冷たい笑顔だった。

「どうしてきみがむきになってるんだい？　里中さんの言うようにきみには関係ないことだと思うけど。だいたい僕が里中さんになにをしたって言うんだ？　何度かプライベートで食事をしたくらいだ。同僚と食事をするくらい、よくあることだろ」

そう言われて、弥生はなぜかショックを受けていた。

確かに、二人で食事に出かけた——それ以上の行為があったわけではない。

彼にアプローチを受けていた事実は弥生にしか分からないし、スマートな誘いも、可愛いと言ってくれた言葉も、時折見せるはにかんだ笑顔も、全部偽物だったのだと思うと、これまで彼との間にあったすべてのことが目の前で音を立てて崩れていくような感覚を味わった。

「食事だけだった？　よくもそんな……あんた里中さん口説いてたんだろ」

そう言った日野の言葉に、有賀がふっと鼻で笑った。

「口説くって大袈裟《おおげさ》な。女の子の喜びそうなことを言っただけだよ。〝可愛いね〟、〝綺麗だね〟、〝きみといると楽しいよ〟……そんなのは女性を気分よくさせるための社交辞令だろう？　美人だし、クールな子なのかと思ったらちょっと〝可愛い〟って言っただけで顔を赤らめるようなチョロい子だった。まぁ、そこが可愛かったんだけどね」

有賀の言葉に、日野が勢いよく彼の胸ぐらを摑んだ。

弥生は慌てて引いていた自転車をその場に投げ出し、日野を有賀から引き剝がそうと腕を押さえ込んだ。

「近づいたのは、暇つぶしのゲームだよ。可愛い女の子を落とすゲームさ。べつに本気だったわけじゃない。反応悪くなかったからもっと早く落ちるかと思ったけど、案外身持ち堅くて結局キスしかさせてもらえなかった」

そう言った有賀は、もはや弥生の知っている優しく紳士的な有賀ではなかった。

「はぁあ⁉」

有賀の言葉に怒りを露にした日野が、弥生の手を振り払って本気で有賀に摑みかかる。

「日野くん！　やめてっ、もういいからっ！」

弥生のほうも必死だった。

あの聡介を拳一つで抑え込んでしまった日野だ。職場で騒ぎを起こして、間違って有賀に怪我でもさせれば、ただでは済まない事態になるかもしれない。

「は⁉　なにがいいんですか！」

「もういいの！　騙された私も悪いんだから！」

それは事実だ。

ゲームだと言って女性の心を弄ぶような卑劣な男の本性を見抜けずに、ほんの少しでも心動かされたバカな自分が悪い。

「ほら、放せよ。彼女、いいって言ってんだろ？　関係ないおまえがなんでキレるんだよ」

「キレるに決まってんだろ！　大事な同僚が傷つけられたら」

「放してくれないかな、マジで。このあと客と約束があるんだよ」

「日野くん、もういいから！　いいかげん放して！」

弥生が叫ぶと、日野が悔しそうに何かを堪え、ようやく有賀の胸ぐらから手を離した。

有賀は小さく息を吐くと、摑まれて乱れたスーツを軽く手で払い襟元を整えながらその場を去ろうとしたので、今度は弥生が彼の腕を摑んだ。

「なに？　まだなにか？」

振り返った有賀の頰を、今度は弥生が力一杯平手打ちした。

パン！　鈍い音が静かな駐車場に響き、有賀が啞然《あぜん》とした顔で弥生を凝視し、日野が驚いた顔のままその場に固まった。

「二度とこんなバカげたゲームはやめて！　他の子に同じようなことしたら許さないから！　奥さんと……もうすぐ下のお子さんも生まれるんでしょう？　ご家族のこと一番に考えて、大事にしてあげてください！」

そう一気に言って弥生が大きく息を吐くと、その迫力に気圧された有賀が慌ててその場から去って行くのを手のひらにジンジンと残る痛みを堪えながら見送った。

それから日野の肩を叩《たた》き、放り出したままになっていた自転車を起こしてもう一度大きく息を吐いた。

「――ていうか、どうして日野くんがムキになって怒ってるの」

「里中さんこそ、どうしてもっと怒らないんですか。自分がなにされたか分かってるんですか?」

「分かってるよ……」

結局のところ、遊ばれただけだ。彼の言うところの暇つぶしに利用された、ただそれだけ――。

「不思議とそこまでショックじゃないんだ」

「はぁ!?」

「日野くんが代わりに怒ってくれたからかな」

有賀の優しさは作られたものだったが、日野が弥生にくれる優しさは決して作られたものじゃないといまは信じることができるからかもしれない。

自分を嘘《うそ》で固めた人間は、きっと他人の為に本気で怒ったりはできない。

「……意味分かんないです」

「分からなくっていいよ」

「里中さん、バカですよ。なんつうか、優し過ぎるんです」

「優しいってどこが?　思いっきり平手打ちするような女よ?」

「あれは、されて当然」

日野の言葉に、弥生は思わず吹き出した。

こんなときなのに、なぜか胸の奥が温かくなる。日野がこの場にいてくれてよかった。

自分の代わりに怒ってくれて救われた。なんだか別の意味で涙が出そうになった。

「とりあえず……帰りますか」

そう言った日野が、弥生の自転車のハンドルを代わりに握って歩き出した。

有賀にされたこと、言われたことに対する怒りや悲しみより、日野が自分の為に怒ってくれたことに対する嬉《うれ》しさのほうが弥生にとって大きかった。

――思えばいつも日野くんに救われてる。

この時、弥生はやっと自分の気持ちを自覚していた。有賀に心が動かなかったのは、当然だ。

弥生の心に大きく揺さぶりを掛ける存在がこんなにも身近にいるのに、他に心が動くはずなんてなかった。

「ありがとう」

自転車を引きながら弥生の数歩先を歩く日野にそう呼び掛けると、彼がゆっくりと振り返って少し照れくさそうに微笑んだ。日野のその顔を見た瞬間、胸がぎゅっとなった。

――ああ、そうか。私、いつの間にか日野くんのことを好きになってたんだ。

そう自覚した途端、これまで弥生が疑問に思っていた感情のすべてに説明がつくような気がした。

「寒いんで少し急ぎますよ」

歩調を早めた日野のあとを追うように弥生もその歩調を早めて彼の隣に並んだ。

11　自覚と迷いと重なる想い

有賀との一件があって、ようやく自分の気持ちを自覚した弥生だったが、この先日野とどうしたいかといえばそれはまだよく分からない。

そもそも日野にとって、自分はなんなのだろうか？

親しい同僚？　同僚であることは認めてくれているのだろうが、それ以上でも以下でもないのではないか。たまたま理由《わけ》あって不可解な関係になってはいるが、彼が弥生を必要とするのはあくまで〝抱き枕〟としてだけのような気もする。

友達ではあるが、恋人と言うわけでは決してない。はっきりとしない曖昧な関係はある意味ぬるくて心地いいが、こんな関係にももう終わりがくる。

日野との約束には回数制限がある。日野がそれを覚えているかどうかは分からないが、約束の五回はすでに消化済みだ。

日野が律儀に回数を覚えていれば、もう二度と添い寝を要求されることはないし、もちろん彼に抱かれることもない。

「……終わっちゃったんだな」

さっさと終わらせてしまえばいいと、初めは渋々引き受けたことなのに、いつの間にか弥生にとっても日野との距離感が心地いいものとなっていた。

もう日野に必要とされることがない、あんなふうに優しく身体に触れてもらえることがないんだと思うと、なんだか泣き出したいような気持ちになった。

仕事を終えて寮に戻ると、見上げた自室の隣の部屋に明かりが灯っていた。階段を昇り、部屋の前に立つ。気配までは分からなくても、部屋の電気が灯っているだけで、日野が確かにそこにいるんだと感じる。

「変なの……」

日野と関わりを持つようになるまでは、彼が部屋にいようがいまいが、気に留めたことなんてなかったというのに。

部屋に入ろうとドアに手を掛けた時、日野の部屋から何かが倒れるような、大きな物音がした。

何事かと弥生が慌てて「日野くん!? どうしたの？」と彼の部屋のドアを叩《たた》くと、彼の部屋のドアがゆっくりと開いた。

ドアの隙間から日野の姿が見えてほっとしたのも束の間、開けられたドアにもたれるように日野の身体が思いきり前に傾いて、その重みが弥生の身体に圧し掛かった。

「――え、ちょっ!? え？」

受け止めた日野の身体が異様に熱いことにすぐに気が付いた。日野の身体の重みに後ろに倒れそうになるのをなんとか堪えて、慌てて彼の部屋のドアを閉めた。

「ちょ、っと。日野くん、すごい熱じゃない……」

弥生は彼の身体を支えながら、よろよろとした足取りでどうにか日野をベッドまで運んでから息をつく。

「ねぇ、ちょっと！　これ、いつから……？」

弥生が訊《たず》ねると、日野が少しうつろな目で弥生を見つめた。

「分かんない。夕方……くらいかな。仕事中すごい寒気がして、やばいかもって帰って来て寝たんだけど身体熱くなる一方で……」

「薬は？」

「いま、飲もうとして……」

日野が視線を動かしたほうを見ると、キッチンの床にグラスの欠片と錠剤が散らばり、その一部が水で濡《ぬ》れていた。薬を飲もうとキッチンまで来たものの、何かのはずみでふらついて倒れた様子が見て取れた。

「転んだ時、怪我は？」

「大丈夫です」

日野の言葉に弥生はほっとして息を吐いた。

「取り敢えず、寝てて。必要なもの部屋から取って来る。キッチンも私、片づけるから」

弥生は勢いよく立ち上がり、自分の部屋に帰って、救急箱の中の風邪薬と冷却シート、体温計を確認すると、箱ごと摑《つか》んで立ち上がった。それから冷蔵庫の中に常備しているスポーツドリンクとゼリー飲料を手にして日野の部屋へと戻って来た。

看病してうつってしまっては元も子もないと、予防のマスクも装着済みだ。

救急箱から体温計を取り出し、ボタンを押して日野の顔の前に差し出した。

日野が何か言いたげな素振りを見せたが、黙ってそれを受け取ったのを確認すると、今度はキッチンでグラスに水を汲《く》んで風邪薬を取り出した。

「一回三錠だって。熱測り終えたら、これ飲んで」

弥生の言葉に、日野が苦笑いをした。熱が高いのだということは彼の表情をみれば分かる。食欲もなければ何か口にいれる気力もないとは思うが、そうも言っていられない。

体温計のアラームが聞こえて、弥生は日野から体温計を受け取った。

「うわ……」

表示を見て、弥生は思わず声を漏らした。三十八度を超えている。

「けっこう高めですか」

「うん。聞かないほうがいいやつ。とりあえず、薬と水分取って」

薬を用量分だけ出して、水の入ったグラスを日野に手渡すと、日野が弥生を見つめた。

「本当にお母さんみたいですね」

「こんな大きな息子を持った覚えないわよ！」

高熱が出ているとはいえ、軽口を叩けるのならそこまで心配はないだろうと弥生はほっと胸を撫《な》で下ろした。

熱のせいなのだろう。普段少し意地悪に見える彼の顔に覇気がない。目の周りがほんのりと熱を帯びて赤くなり、唇がかさついている。

「水分たくさん摂って、少し寝るといいよ。なにか食べたいものとか欲しいものある？あれば買ってくるけど」

薬を飲み終えた日野に布団を掛けて上から軽く叩くと、日野が弥生の手をそっと摑んだ。

「ん？」

「なにもいらないんで、ここにいてください」

こんなしおらしいことを言う日野を、珍しいと思った。

「いるよ。病人を一人にしておけないもん」

弥生が答えると、日野が安心したようにその手を離した。

「少し眠るといいよ」

弥生の言葉に日野がゆっくりと目を閉じた。日野が眠りについたのを見届けると、弥生は思い出したように彼の額に熱さましの冷却シートを貼り付けた。

こんな高熱では、ただの気休めにしかならないだろうが、何もしないよりはいくらかマシだ。

弥生はしばらくベッドの傍らに座り、日野の寝顔を眺めていた。汗で額に張り付いた髪をそっとかき分け、渇いた唇に指で触れた。

「熱い……」

少し触れるだけでドキドキする。以前はこんなことなかったのに――。

余程身体がきつかったのか、一度眠りについた日野はそのまま目を覚ますことはなかった。ベッドの傍らで時々軽い眠りに落ち、ふと目を覚ますと日野は酷く汗をかいていた。額の汗をタオルで拭って様子を見ながら、時折酷くうなされる日野のことが気掛かりで、弥生は一晩中彼の傍を離れることができなかった。

そうして日野が再び目を覚ましたのは明け方近かった。

空がほんのり白み始め、髪を指で梳《す》くような感覚にはっと目を覚ますと、日野が弥生の髪に触れていた。

「――あっ、ごめ。私、寝ちゃって……」

弥生が慌てて身体を起こすと、日野がいくらかすっきりした表情で弥生を見つめた。

「ずっと……付いててくれたんですか」

「あ、うん。かなり熱高かったから」

そう言いながらずれたマスクを直し、そっと日野の額に手のひらを添えると、昨夜の熱はもう引いていた。

「結構下がったみたい。気分は？」

「だいぶいいです」

「そ。よかった。あ、これ飲む？」

弥生がベッドの枕元にあったスポーツドリンクを差し出すと、日野がそれに手を伸ばした。起き上がろうと身体を動かした日野をそっと支えるようにし、ドリンクの口を開けてやると日野がそれを勢いよく流し込む。

「ねぇ。そんな一気に飲んだら、むせるよ？」

弥生が忠告した矢先に、日野がゴホと咳《せ》き込んだ。

「だから言ったのに」

呆《あき》れたように言った弥生に、日野が照れくさそうに表情を歪《ゆが》めた。

「眠れた？　夜中酷くうなされてたけど」

弥生が訊ねると、日野が思い当たる節があるように「ああ」と頷《うなず》いた。

「体調崩すと、よくあるんです。原因は分かってるんで……」

「それって――日野くんの、例の不眠の原因と関係あるの？」

弥生の言葉に、日野が「はい」と頷いてから言葉を続けた。

「まえ、里中さんに訊《き》かれたことあったでしょう。ここに来てた女性が俺の不眠と関係してんのかって」

「あ、うん……」

「付き合ってた――ってことはまえに話しましたよね。専門学校時代、彼女から付き合って欲しいと言われて――。少し束縛が強い子だったんです。最初は気にならなかったんですが、だんだんエスカレートして……」

日野が当時の事を思い出したように少し曇った表情を見せた。

「誰とどこに出かけるの？　何時に帰るの？　今日は会えるの？　その程度ならまだよかった。そのうち行動を制限されるようになって――。俺も悪かったのかもしれません、彼女を不安にさせたこともあったんだろうと思うんです。そんなことが一年くらい続いて……」

そう話す日野の表情が、次第に苦しそうに歪んでいく。

「耐えきれなくなって別れを切り出しても聞き入れてもらえず……そのうち彼女がストーカーまがいのことをするようになったんです。就職も決まってたんですけど、その頃には俺もだいぶ参ってしまっていて……警察に相談したんですが、それでも解決しなくて相手の家族の協力でなんとか関係を断ったんです」

そこまで話した日野が、大きく息を吐いた。

「就職を機に、彼女から離れることには成功したんですが、偶然ＳＮＳに載った写真から職場をつきとめられてしまったんです。そこからまたストーカー被害を受けるようになって――先輩だった矢内さんを頼ってここに来たんです」

「え、じゃあ……ここに彼女が来てたってことは、また居場所が？」

「はい。以前の職場の同僚から居場所を聞き出したようです。あの時一緒にいたのは彼女の父親で……迷惑をかけてすまないと連れ帰ってくれました。いまは彼女を実家の近くの病院に入院させて精神的な治療をしているそうです」

日野が再び大きく息を吐いた。

「思い出してしまうんですよ、何年経っても……。何度も夢を見て夜中に目覚めて、そこから恐怖で眠れなくなる。病院にも通って睡眠薬ももらってはいたけど、気休めにしかならなくて——そんな状況がずっと続いていたんです」

想像以上に深刻な日野の話に、弥生は驚きのあまり言葉を失っていた。

気が休まることがなかった彼の過酷な精神状態を思うと、弥生はなんと声を掛けていいのか分からなかった。

「泥酔した里中さんを連れ帰ったあの日。正直、とんでもなく面倒くさいことになったなって思ったんですよ。あんまり酒癖悪いんで、連れ帰ったこと後悔しましたし」

日野の言葉に弥生は、ただ頭を下げるしかなかった。

「——でも、里中さんと肌合わせてたら自然と眠りにつけた。夜中に目が覚めても、里中さんがいるだけで妙に安心して、そのまま眠れたんですよ。不思議ですよね。しかも、偶然じゃなくてこれまで五回あった機会のうちすべてでそうだったんですよ。なんであなたなんだろ、って何度も考えたけど、理由が分からない——」

そう言った日野を弥生は真っ直ぐ見つめた。

「これって、なんなんですかね？」

そう日野に問われて、弥生はどう答えていいのか分からなかった。どうして、日野にとって自分なのか？　理由はわからないけれど、それが他の誰かじゃないことを心のどこかで嬉《うれ》しいと思っている。

「今夜も、眠れた？」

弥生が訊ねると、日野が黙って頷いた。

「朦朧《もうろう》とした意識の中で、何度か目を覚ましたんです。酷く怖い夢を見て——どうしようもなく震える手をなぜか里中さんが握ってた」

「うん。熱があるのに、日野くんの手すごく冷たくて、震えてた」

日野が何を抱えているのか分からない。それでも、日野を少しでも安心させたくて弥生はわけも分からず、必死に彼の手を握っていた。

「安心しました、とても」

日野が言った。

「俺、最近変なんですよ。里中さんのことばっか考えてる。あなたのことばっか考えて——他の誰かに触れられたらすげぇムカつくし、あんな男に騙《だま》されてたって知ったら怒り治まんないし。なんでか分からないけどやたら可愛くみえるし、傍にいてくれたら触れたくて堪んなくなるし——」

そう言った日野が照れくさそうに寝起きでボサボサの髪をくしゃくしゃとかきむしった。

「え……？」

いま、可愛く見えるって言った？　触れたくて堪んないって言った——？

それ、どう捉えていいの。言葉通りの意味だって自惚《うぬぼ》れてもいいの？

弥生は胸に手を当てて速くなる鼓動を確かめながら日野を見つめた。

「里中さんが、俺のものになればいいのにって……」

弥生はそんな日野の手にそっと触れた。

傍にいるとドキドキして。こうして触れただけで、その温かさと安心感に涙が出そうになって。辛い思いをして苦しんできた彼を、抱き締めてしまいたい衝動に駆られている。

「……したら、いいじゃない」

「え？」

「日野くんのものに」

そう言った弥生を日野が驚いたように見つめた。

何気なく視線を移した窓の向こうで、空が少し明るくなってきている。

「私もこの頃ずっと変なの。どこにいても、日野くんのこと思い出すの。有賀さんに騙されていたこともそんなにショックじゃなくて。日野くんが私の為に怒ってくれたことのほうが何倍も嬉しくて——そんなふうに思うのって」

何をしてても相手のことばかり考えてしまう不可解な気持ちに名前を付けるとしたら、それはきっと一つしかない。

「俺……有賀さんにめちゃくちゃ嫉妬してた」

〝——俺が、嫌だからです〟

日野が何気なく漏らした言葉は、彼なりの独占欲だったのだろうか。言われた時は、意味が分からず戸惑いもしたが、嫉妬心からの言葉なのだと思うと急に日野に対する愛おしさが込み上げる。

「嫉妬だったの？　日野くん分かりにくいよ」

「里中さん、仕事中はキリッとしてて取り付く島もない感じだけど、少し気を許すとその相手に対して急に警戒心なくなるし。俺に見せてた無防備な顔とかあの人にも見せてんのかと思ったら――」

「なに？」

そう言った日野が、何かを思い出したように急に「はは」と笑い出した。

「いや――そう考えると、俺けっこう早い段階で里中さんのこと……」

「え？」

「傍にいてくれたら安心するとか……無自覚だったとはいえ、好意以外のなにものでもない。そんなことにも気付かなかったなんて」

気持ちよりも先に、まるで本能のように身体で感じたもの。それを好意だと考えるのなら弥生にとっても同じことだ。はじめは日野の要望に仕方なく応じていた弥生だったが、日野との時間を心地よく感じ始めたのはいつだっただろう。

仕事とプライベートではまるで別人のようで、素っ気ないかと思えば面倒見がいい一面があったり、意地悪かと思えば妙に優しいところがあったり。

振り回されてばかりだったけれど、日野との距離が近くなるにつれ、彼のことをもっと知りたいと欲が出た。傍にいるのが心地よくて、触れる手にドキドキして、もっと触れて欲しくてもっと繋《つな》がりたくて——そんな気持ちは、すべて恋以外のなにものでもなかった。

「私も、そうだったのかも。日野くんとの添い寝は嫌じゃなかった。日野くんに触れられるのも嫌じゃなかった」

本当は言うのを躊躇《ためら》った言葉だったが、弥生は唇を噛《か》んで、覚悟を決めてから敢えて言葉にした。

「それにね、日野くんに抱かれるの……びっくりするくらい気持ちよかった。私、そういう経験なくて！　自分がどうにかなっちゃうんじゃないかって思うようなセックスは日野くんとが初めてで……だからっ」

ああ。結局なにを言いたいんだろう。

言いたいこと、伝えたいことはたくさんあるのに、うまく言葉にならない。

とにかく——そういう経験も、何もかも。始めから身体は日野を受け入れていた。自分の中の本能が彼を次の恋の相手だと示していた——そういうことだ。

日野が弥生から視線を逸らして、溜息《ためいき》をついた。

「ああ、もう。……こんな時になんつうこと言うんですか！　今すぐ押し倒したいくらいなのに、風邪うつしたらいけないっていろいろ我慢してる俺の身にもなってください」

そう言った日野が、あちこち視線を泳がせながらもようやく弥生を見た。

顔を赤らめ、あからさまに照れている日野の姿はとても新鮮で、弥生は思わず彼に飛びついていた。

「ちょ……バカなんですか！　離れて」

ぐぐぐ、と弥生の身体を押し返そうとする日野の手が、拒絶ではなく自分を気遣ってのことだということくらい分かっている。

「ごめん、無理。いま、どうしても日野くんを抱き締めたい」

心の奥からなんともいえない優しく温かな感情が湧き上がって、それがまるで泉のように溢《あふ》れてくる。

――触れたい。そんな弥生の衝動をやんわりと受け止めるように、抱きしめ返してくれた日野の手が優しくて温かくて、どうしてか涙が込み上げた。

ああ、この手だ。この温もりだ。自分が求めていたものは。

しばらくの間日野の温もりに触れて満たされて、ふと彼から離れると、そこで顔を上げた日野と視線がぶつかった。

「好きです」

「私も……日野くんが好き」

弥生が静かに目を閉じると、日野の顔がゆっくりと近づいて、マスク越しにそっと触れるだけのキスを落として離れて行った。

「二次会に関しては新郎のご友人が取り仕切ってくださるということなので、ドリンクと料理のサービスに専念していただければ大丈夫です。時間はお客様には二十一時までとお伝えしてあります。もしなにかありましたら、僕に連絡をいただければ」

弥生が「分かりました」と返事をすると、有賀が「お願いします」と軽く頭を下げてレストランをあとにした。

＊　　＊　　＊

あれから一ケ月。有賀とは職場以外で関わりを持つようなことはない。

彼がプライベートでどうであろうとブライダル課の課長として優秀であることには変わりなく、実際彼が来てからブライダル部門の業績はうなぎ登りだ。レストランの披露宴や二次会利用も増え、その売り上げの恩恵を受けている。打ち合わせなどで顔を合わせることも増えたが、弥生なりに仕事と割り切り真摯な対応をしているつもりだ。

彼が何をしたかなんて今となってはどうでもいいことだ。弥生にとって有賀はすでにその程度の存在となっている。

「それじゃ、おやすみ」

「あ、うん。おやすみ……」

そう返事をし、弥生が部屋の前で日野に小さく手を振ると、日野はさっさと自室に帰ってしまった。今夜も仕事のあと、日野と近所の居酒屋に飲みに出掛けていた。

あれから日野とは少し微妙な関係が続いている。

確かに気持ちを伝えあったはずなのに、付き合いはただの同僚であった頃とほとんど変わらない。時間を合わせて今夜のように食事に出かけたりはするが、日野はあれ以来弥生に触れなくなった。

——あれ？　私たち、付き合ってる……んだよね？

同僚だった頃と変わらない気楽なやり取りはそのままに、一緒に過ごす時間は確実に増え、その合間に妙に優しい彼の視線に摑まることがある。

日野の好意を感じないわけじゃない。なのに、彼が触れて来ないのはどうしてなのだろう？

ストレートに聞いてしまえばいいのに、簡単なことが訊けなくなる。

そんな中、弥生は日野の休みに合わせて珍しく週末に休暇を取っていた。サービス業という仕事柄、週末に休みを取れることなど月に一度あるかどうかだ。

「今度、二人で俺が以前勤めてたホテルに泊まりませんか？」

そう誘われたのは、先月のことだ。

なんでも、日野が以前の職場の同僚の結婚式に招待されているのだそうだ。彼の以前の職場はここから車で一時間半以上のところにあり、式が夕方からの為、同僚が遠方から来る日野のために部屋を取ってくれたらしく、その部屋に一緒に泊まらないかと誘われたのだ。

近くには有名な観光地やレジャー施設もあり、いわゆるお泊りデートの提案に弥生は思わず首を縦に振っていた。

「寒くない？」

車のエンジンを掛け、日野がハンドルを握る。

寮から職場までの往復は徒歩か自転車で、寮の近所には飲食店が豊富なため、普段日野と車でどこかに出かけるということは少ない。

慣れたようにハンドルを握り、真っ直ぐに前を見つめる日野の横顔が新鮮に映る。

途中で少し早めの昼食を取り、観光地に立ち寄ったあとホテルの部屋にチェックインし、日野が真新しいスーツに着替えた。

日野が出席する友人の式は夕方五時から、披露宴は六時からということで、遅くとも九時には部屋に戻って来れると算段を付けた日野が、それまで弥生に館内で自由に過ごすよう言って出掛けて行った。

残された弥生は日野が予約してくれたレストランで遅めの夕食を取り、せっかくだからと館内を見て回った。

日野の勧めていたホテルは湖畔に位置する大きなリゾートホテルで、弥生たちが勧めるシティーホテルとはその規模も雰囲気も大きく異なっている。敷地内にはテニスコートなどのスポーツ施設のほかに、夏にはホテルに面した湖でマリンスポーツなども楽しめるようになっている。

「夏に来たら楽しそう。日野くん、こんな大きなところで働いてたんだ……」

レストランの食事も美味しかったし、スタッフもとても感じが良かった。施設の規模や従業員の接客態度をついつい観察してしまうのは同業者ならではだ。

午後八時半を過ぎ、そろそろ日野が戻ってくる頃合いだと思いつつ、最上階のメインバーが気になっていた弥生は、バーに立ち寄った。

三十分ほど飲んだ頃、ようやく日野から披露宴が終わったと連絡が入り、彼がメインバーのある最上階まで迎えに来てくれることになった。

バーを出たところで日野の到着を待っていると、大学生くらいの若い男の子たちが数人でやって来て弥生に声を掛けて来た。

「お姉さーん。こんなところで一人でなにしてるの？　よかったら俺たちと飲まない？」

「ごめんなさい。私、ここで人を待ってるだけだから」

「じゃあ、その待ち人が来るまででいいから。どう？」

「や。本当にすぐ来ると思うのでお構いなく」

すでにどこかで飲んだあとにここにやって来た様子の彼らが、酔った勢いもあってか強引に弥生の腕を掴もうとしたため、慌てて彼らの手をかわした。

「本当、大丈夫だから。私、恋人を待ってるの！」

少し強い口調で答えたとき、近くのエレベーターが開く音が聞こえ、披露宴が終わったその足で弥生を迎えに来たスーツ姿の日野が姿を現した。

「日野くん」

若い男に声を掛けられ困惑している弥生を見つけるなり、少し慌てた様子でこちらにやって来ると「ごめん。遅くなって」と弥生の腕を取って、男たちから奪い取るようにして再びエレベーター前に歩いて行った。

「結婚式、どうだった？　いいお式だった？」

「あ……まぁ、それは。てか、なにしてんの」

「なにって、日野くん待ってたんだけど」

「そういう意味じゃなくて。なんでナンパされてんの」

「や……そういうんじゃないと思うよ？　酔ったノリで声掛けて来た感じだったし」

弥生が答えると、日野が心底呆れたように大きな溜息をついた。

「ノリでもなんでも、声掛けられてたのは事実でしょ」

そう言った日野が少し不機嫌そうにエレベーターのボタンを連打し、弥生の手を引いたまま、やってきたエレベーターに乗り込んだ。

「このまま部屋に戻るの？」

「不満ですか。もしかして、まだ飲み足りない？」

「そうじゃないけど……」

なんで、戻って来るなり微妙に不機嫌なのよ？

日野に摑まれたままの手首が少し痛かった。

エレベーターを降りると、日野は弥生の手を引いたまま足早に歩いて行く。

「ねぇ、日野くん。手、痛いよ」

微妙な距離感が続いていたなかで、日野に誘ってもらえたことが嬉しくて、今日のお泊りデートを楽しみにしてきたというのになんだろう、この空気は。

先に部屋に入った日野の後に弥生も続くと、ようやく腕を離された。

「ねぇ。なにか怒ってる？」

弥生が訊ねると、日野が弥生に背中を向けたまま大きく息を吐き、ゆっくりと弥生のほうへ向き直った。

「……すいません。男に囲まれてる里中さん見たらイラッとして」

「好きで囲まれてたわけじゃないんだけど」

「式の間じゅう、一人で待たせて悪いなって思ってたのに、メッセージみたら一人で結構楽しそうにしてるし。里中さん、飲むとガード緩くなるとこあるから一人にしとくの怖いなって思ったらナンパされてるとこに遭遇するし」

日野の言葉に、弥生は思わず「は？」と間抜けな声を上げてしまった。

「あの……もしかして、私、妬かれてる？」

「俺、まえに言いましたよね。結構嫉妬深いって。ていうか、里中さん自分が美人だって自覚してくださいよ。そうでなくても、今日いつもより可愛くしてるし」

日野の言葉に、弥生は自分の着ている服を改めて見た。

「気付いてくれてたんだ。だって、日野くんの元職場でしょう？　偶然会った元同僚の方とご挨拶することがあるかもしれないって思って、彼女として紹介するのに日野くんが恥ずかしくないように可愛い感じの服を選んで来たんだよね」

弥生が少し自慢げにワンピースの肩を指でつまんで、くるっとスカートを翻してみせると日野がさっきまでとは違った優しい手つきで弥生の腕を掴んだ。

「これ、俺の為？　こんな女らしいワンピースも、少しだけ髪くるくるしてんのも」

「そうだよ。日野くんと二人でどこか出掛けるとかってなかったでしょ。行き先がこんなお洒落《しゃれ》なホテルだし、デート仕様で頑張って可愛くしてきたつもりなんだけど」

今日を楽しみにしていたこと、日野のために気合を入れたことが伝わっていなかったことが不満で弥生が唇を尖《とが》らせると、日野がそんな弥生を見てほっとしたように微笑んだ。

「なんだよ、言ってよ」

「言わなくても分かってよ、それくらい。日野くんだって狡《ずる》いよ？　ピシッと決まってて、なんか別人みたいなんだもん」

「そりゃ、一応お祝いの席でしたし……」

「分かってるけど。なんか――」

見慣れない余所行きの日野の姿に、弥生が耐えきれなくなって目を逸らすと、日野が弥生の手を引いて腕の中に抱き寄せた。

「──やっと、触れた」

「なに言ってるの？　私に触れようとしなかったの日野くんのほうなのに」

「それは──我慢してたんで」

「え？　どうして」

弥生が訊ねると、日野が小さく息を吐いてから言葉を続けた。

「……好きな子抱く初めての夜が、日常に埋もれるの嫌だったんですよ」

「あの、日野くんに抱かれるの初めてじゃないけど？」

「そういう意味じゃなくて。添い寝の延長じゃないんですよ。恋人としての初めてくらい思い出に残る夜にしたいと思うでしょ」

──だから、だったんだ。

日野が急に触れなくなったのが思いもよらない理由だったのに驚いたが、それは日野が弥生とのこれからに一応の線引きをしてくれているということになんだかくすぐったいような気持ちになった。

「ふふ。案外ロマンチストなんだ」

「男は皆ロマンチストですよ。それに──寮じゃ思いきり抱けないでしょう。里中さんの甘い声もじっくり堪能したいんで」

そう言った日野が弥生の顳に手を添え、指の腹で唇を撫《な》でた。日野の真っ直ぐな視線に捕まった弥生が目を閉じると、ゆっくりと日野の顔が近づいた気配がしてそっと唇が重なった。

やっと触れられた。これだ……私が欲しかったもの。

ちゅっと音を立てて啄《ついば》むように何度も重ねられる唇。くすぐったくて逃れようとすると、彼の唇がこれでもかと追いかけて来る。まるで追いかけっこをしているような甘いキスが心地いい。

日野が弥生の首筋にキスをしながら、ワンピースの背中のファスナーをゆっくりと下ろしていく。首筋に掛かる日野の温かい息がくすぐったくて身体がぞくぞくとした。

「ねぇ、先にシャワー浴びて来たいんだけど……」

弥生が言うと、日野が首筋に唇を付けたまま動きを止めた。

「……いいけど、一人じゃ行かせませんよ。この状況で離れんの嫌だ。俺も一緒でいいなら」

「──うん」

一瞬、返事を躊躇ったのは恥ずかしいという気持ちがあったからだったが、離れるのが嫌なのは弥生も一緒だった。弥生が途中まで下げられた背中のファスナーに手を掛けると、その手を日野が遮った。

「男の楽しみ奪わない。俺が脱がしますから」

日野が弥生の後ろに回ってファスナーの続きを降ろすと、ワンピースはするりと床に落ち足元に溜まった。それからタイツに手を掛けて、ゆっくりと下へ引き下げた。

「里中さん、デスクに手をついてこのまま足上げて」

弥生が少し足を上げると、日野が下肢を撫でながら器用に弥生の片方のタイツを脱がせ、もう片方も同じようにしてあっという間に弥生を下着姿にしてしまった。

少し薄暗いと感じるくらいの間接照明の下で、身体を隠すものが下着だけというのは、思ったよりも弥生の羞恥心を煽《あお》る。

ユニットデスクの鏡越しに日野の鋭い視線を感じた。ただ見つめられているというのではなく、その目には静かではあるけれど、確かな欲情の色が差しているのが分かる。

日野にこんな顔をさせているのが自分なのだと思うと、なんともいえない興奮が湧き上がる。

「日野くん、見過ぎ……」

「見ますよ。見たくて脱がしてるんで」

そう答えた日野が、弥生の後ろに立ったままブラのホックに手を掛けた。弾けるように簡単に外れたブラは肩を滑って腕から落ち、露になった弥生の胸を日野が後ろから手のひらで包み込んだ。ひやりとした日野の手が初めは少し冷たいと感じたが、弥生の肌と温度を分け合ってやがてひとつに馴染《なじ》んでいった。

日野の手がゆっくりと弥生の胸を弄ぶように動く。乳房を外側から包むように動かしたり、上下に動かしたり、まるでその感触を楽しむように何度も何度も大胆に触れる。なのに、敏感な部分にはわざとほんの少し指先を掠《かす》めるだけで、その微かな刺激がもどかしい。

「触ってないのに、先っぽ尖って来た。こっちも触って欲しくなりました？」

耳元で囁《ささや》くように訊ねた日野に、弥生が小さく頷き返すと、日野が指の腹で尖った部分を転がした。

「……あっ、ぅん」

焦らされ続けた身体に与えられた小さな刺激。日野が指でほんの少し先端を弄んだだけで弥生の身体にぞくぞくとした快感が駆け上がる。

「そんな可愛い反応されたら、このままベッドに押し倒したくなる」

「ダメ……シャワーしたい」

「どうしても？」

そう訊ねた日野が弥生の首筋に唇を這《は》わせ、そのまま肩に、背中にいくつものキスを落とした。やがて、唯一身に付けている下着越しに、日野がその場にしゃがみ込んで臀部《でんぶ》に熱い息を吐いた。

「ふっ……ん」

弥生が小さく身体を震わせると、日野が唇を付けたまま鼻をすんすんと鳴らした。そのままの状態で腰を手のひらで撫でながら下着の上から割れ目をなぞり、弥生の一番熱い部分を探り当てた。

「ここ、もう甘くていやらしい匂いがしてる。胸弄っただけで感じたんですか？　湿ってますよ」

「……意地悪なこと言わないで」

日野に言われなくても弥生自身が一番よく分かっている。彼が触れたところすべてがまるで性感帯になったように敏感になり、身体の奥の方から熱い蜜が溢れて外へ溶けだしているのが感覚で分かる。

「このままここ弄りたいな。指で弄られるのと舐《な》められるのどっちが好き？」

日野は弥生の臀部に顔をうずめたまま、下着の隙間から指を差し入れ、弥生の敏感な部分を弄った。

「待って。日野く……そこ触っちゃ、や……っ」

「嫌？　こんな可愛い声出てんのに？」

日野にこんなふうに敏感な部分に触れられるのは初めてではない。これまで何度かしている行為であったはずなのに恥ずかしいと感じるのは、明るい場所で日野に自分のあられもない姿を晒《さら》しているからだ。

鏡に映った自分は、自分ではないみたいだ。身体に身に付けているのはショーツ一枚。上体を隠すこともせずにデスクに手を突いたまま、日野が与える刺激から逃れようと身体を捩《よじ》っている。

「お願い。あとでなんでも言うこと聞くから……日野くんのしたいようにしていいから。シャワー浴びるまで待って」

シャワーに拘るのも、今更と思われるかもしれないが、日野に——恋人に抱かれる初めての夜だからこそ綺麗《きれい》な身体で抱かれたいという女ごころだ。

懇願するように漏らした弥生の言葉に日野が動きを止め、諦めたように小さく息を吐いてから立ち上がった。

「分かりましたよ。次は、待ったナシですから」

そう言ったかと思うと自ら服を脱ぎ、弥生を軽々抱え上げ、バスルームの洗面台に弥生を座らせて最後の下着まで剝ぎ取った。

バスルームに入るなり、日野が熱いシャワーを出して弥生の唇を指で撫でながら言った。

「ご所望のシャワーです。——ってことで、もう『待った』は聞きませんよ」

そう言うなり、強引に弥生の唇を塞いだ。これまでとは違う、激しく貪るような日野のキスに戸惑いながらも、その激しい熱を嬉しいと思う。彼が自分をこれ以上耐えきれないほど欲しがっているのが激しいキスから伝わって来る。

「……んっ、あ」

「里中さん。もっと舌出して。俺のも食べて」

日野に言われるがまま、弥生も自分の中に湧きあがってくる熱を抑えきれずに彼の要求に応える。激しいキスの応酬に息が続かなくなって、苦しさから逃れようとすると、摑まえられて逃げ場を失う。苦しいのに気持ちよくて、このままどうにかなってしまいそうな恐怖に泣き出しそうになるくせに、もっともっと欲しいと思ってしまう。

「日野く……苦し、っ」

「……がっついてんの分かってます。でも、やめたくない」

日野の熱量に煽られるように、弥生の興奮も高められていく。肌に当たる温かなシャワーですら興奮を高める刺激になる。

「ああ、そうだ……身体も洗わないとですね」

唇を離した日野が片手でボディーソープを取り、弥生の身体にのせた。ほんの一瞬のひやりとした感触のあと、日野がソープの付いたその手で弥生の身体を撫でる。ぬるぬるとした日野の手が弥生の身体の上を自由に滑っていき、両胸を揉《も》みながらその先端を指でこねる。

「……あ、っ」

「やっぱりここ敏感ですよね。先っぽ弄ると声が跳ねる」

「だってっ……っあ」

「なに？　そんなに気持ちいいです？」

日野が指を激しく動かして刺激を強めたのに対し、弥生は益々身体を仰け反らせた。

「そんなに動かしたら、身体洗えないですよ。まだこっちも綺麗にしないといけないのに」

そう言った日野が、弥生の身体を支えながら下腹部に手を伸ばした。

「ここで泡立てて、中も綺麗にしたほうがいいでしょう？」

と、指で敏感な部分に触れる。

「ボディーソープなんて必要ないくらいぬるぬるだ。すでにいやらしい蜜で溢れてる」

日野が指先で敏感な部分を何度も擦ると、その気持ちよさに自分でも信じられないほどのだらしない声が漏れた。

「里中さん、もっと足開いて。じゃないと中まで洗えない」

「や……っ、そんなとこ洗わなくていいっ……」

日野の指が弥生の中をかき回すように大きく動いたかと思うと、内側の壁を擦るようにゆっくりと抜き差しを繰り返す。次々と与えられる刺激に足の力が抜けて、その場にへたり込みそうになるのを日野の力強い腕に支えられた。

「気持ちよさそうなのは嬉しいけど、指だけでへばらないでくださいよ。まだまだこれからなんで。それに、俺も里中さんに身体洗ってもらいたいなぁ……」

耳元で響く日野の強請るような甘い声に、弥生の胸がきゅっとなった。

「私が、洗うの？　日野くんの、身体……」

「ダメですか？　里中さん、さっきシャワー浴びさせてくれたらなんでもするって」

日野の言葉に、弥生は返す言葉を失う。

「た、確かに言ったけど……私、男の人の身体洗ったことなんて……」

「だったら、余計嬉しいです。ちなみに俺も初めてですよ。一緒にシャワー浴びたいなんて言ったのも里中さんが初めてです」

そう言った日野に、弥生は目を見開いた。

「う、嘘《うそ》だっ。だって、日野くん、なんか慣れてたしっ……」

「ないです。慣れてなんか。ほら」

日野が弥生の手を取り、手のひらを彼の胸に導いた。触れた身体はとても熱くて、心臓が激しく鼓動しているのがしっかりと手のひらに伝わって来る。

「ドキドキしてんの分かる?」

「うん……」

日野の言葉に嘘はないのだろうということが、その鼓動の速さで十分に伝わった。

「もっと……触っていい?」

「お好きなだけどうぞ」

初めての衝動だった。女として触れられることに慣れても、過去に自分からもっと相手に触れたいなんて求めたことがあっただろうか。

触れた日野の胸は思ったよりも硬くて肉厚で、逞《たくま》しい。そっと撫でて指の先で小さな突起を弾くと、日野が小さく身体を動かした。その時の彼の照れたような表情が可愛らしく思えて、弥生は泡だらけの手を彼の身体の上で滑らせた。

「ここも、触っていいかな」

弥生が日野の下腹部に手を伸ばすと、日野の硬化したものが弥生の手に触れた。なんとなく生々しくて、恥ずかしくて、直視できないところではあるが、そっと両手で包み込むとその大きさや形、感触がしっかりと伝わって来る。

両手で優しく泡で包むようにしながら、そっと撫でるように手のひらを動かすと、日野の顔が紅潮し、彼のモノの硬度が増していくのが分かる。

「ふふ」

「なに笑ってんの」

「日野くんの、私が触るとピクッてなるの可愛い」

「そりゃ、なりますよ。好きな相手に触られてるってだけで興奮しますから」

触れられるだけでなく、相手に触れることでも気持ちいいと感じる。自分の与える刺激に彼がその表情を動かし小さく喘《あえ》ぐ声にも興奮を覚えた。

きっと、日野が弥生に触れるときにも同じ思いなのだろう。甘い声を聞きたいとか、もっと触れたいとか、乱れたところを見たいとか。そういう気持ちが今なら分かる。

「調子乗ってると、そんな余裕一瞬でなくさせますから」

そう言った日野が弥生の手を取り、壁のほうを向かせると、そのままシャワーフックに摑まるよう日野が上からその手を固定した。

それから、弥生に身体を密着させて、自身の硬くなったモノを弥生の臀部に押し付ける。

そのまま空いた片手で後ろから弥生の首筋に顔をうずめたまま、胸を揉み、次第に手を下に滑らせて自身の昂《たかぶ》りを弥生の臀部の割れ目にあてがった。

「これで、擦っていい？」

弥生が返事をするより先に、日野が自身の昂りを弥生の敏感な部分に押し付けた。

「里中さん、きつく足閉じて」

言われるまま弥生が足を閉じると、日野が弥生の股の間で自身のそれを前後に動かした。

初めはゆっくりと、そして次第に動きを加速していく。

「あ……っ、や」

「嫌？　嘘だ。ぬるぬる擦れて気持ちいいでしょう？」

「ン…ん。こ、こんなのしたことな……」

「挿れてなくても気持ちよくないですか？」

「気持ち……いいっ、ふ」

「ここでへばられたら困るんで。挿れて気持ちよくするのはベッドに行ってからです」

そう言った日野が擦り付けるその速度を速めた。

「やぁ、ぁん……すごい擦れてっ……」

――なにこれ、気持ちいい。

日野の身体が密着していて、その熱が背中から伝わって来る。次第に激しくなる彼の息遣いから、彼の興奮も一緒に伝わって来る。

ただ、擦られているだけなのに、その気持ちよさに弥生の身体から力が抜けていく。

「立ってられな……」

縋《すが》るように日野を振り向くと、日野がなんとも言えない顔で弥生を見つめ返した。

「そんな顔したら、俺が益々興奮しちゃうでしょ」

バスタオルで軽く身体を拭いたあと、弥生を抱き上げるとそのままベッドに横たえた。

「髪、濡れちゃいましたね。寒くないです？」

「……少し」

弥生が返事をすると、日野がドライヤーを片手にベッドの上に戻って来て、起き上がった弥生にそれを手渡した。ドライヤーを受け取り、さすがに裸のまま日野の前で髪を乾かすのは抵抗があり、改めてバスタオルを巻き付けて身体を隠した。

「日野くんは？　日野くんも少し濡れてる」

「じゃあ、一緒に乾かして」

そう言うと、ベッドの縁に座ってドライヤーのスイッチを入れた弥生の後ろに日野が座った。弥生が後ろにいる日野にも温風が当たるようにドライヤーを動かすと、日野が弥生の肩に顎を乗せて頭をふるふると振った。

「犬みたい」

弥生が笑いながら自分の方へ温風を向け、髪を乾かしていると、後ろにいる日野が弥生の身体に巻き付けたバスタオルの上から両胸を包み込んだ。

「もう！　くすぐったい……」

「わざとです。里中さん両手塞がってるから俺の好きに出来てちょうどいい」

そう言って弥生の胸を弄びながら、指で弥生の弱いところを刺激する。

「髪、乾かせないよ……」

「大丈夫、もうだいたい乾いてます」

そう答えた日野が、弥生の手からドライヤーを取り上げ「ていうか。早く続きしたいんですけど」と少し拗《す》ねたように弥生の頰に唇を付けた。日野が弥生のバスタオルを剝ぎ取り、首に、背中にいくつものキスを落とす。弥生の身体に唇を付けながら、手で弥生の潤みに触れた。

「まだ温かい。しかもとろとろだ」

「さっき日野くんがいやらしい触り方するから……」

「もっと触りますよ。もっととろとろにして、俺のことたくさん欲しがってほしいんで」

日野が弥生の潤みの割れ目を指で撫でながら、そっと指を差し入れた。ついさっきまで弄られて充分なほど湿った潤みは、いとも簡単に日野の指を飲み込んだ。

「滑るように入りましたね。もう少し深いところまで弄りたいから、もっと足開いて」

弥生が言われるままに足を開くと、日野の指がさらに深く沈み、痺《しび》れるような感覚が弥生の身体を駆け抜けた。

「ああっ……奥っ」

「奥、気持ちいい？」

「いいっ……」

「はは。いいって言った瞬間、中すごい締まった。指だけでこんなになるとかマジ反則なんですけど」

そう言った日野がその指を引き抜いて、弥生をベッドの上に横たえた。

「もっと、気持ちよくしていいですか？」

日野が一度ベッドから降りると、弥生をベッドの真ん中へ移動させて、弥生の両足を割ってその間に顔を近づけた。

「日野くん……やっ、あ」

「嫌だって言ってもやめませんよ。あとで好きにしていいって言ったの里中さんですからね。こんな甘くておいしそうな蜜舐めないとかありえない」

そう言った日野の鼻先が弥生の茂みを掠め、次の瞬間、熱くて柔らかな彼の舌が弥生の潤みに触れた。

「ふぁ、あ……ぁっ」

あまりの快感に身体が震える。思わずシーツを握りしめ、身体を弓なりに反らせると、その反応に益々欲情を煽られたのか、日野が刺激を強くした。

「すごいな。中ひくひくしてどんどん溢れてくる」

「ひ、広げちゃ嫌……っ」

「可愛い色して涎《よだれ》垂らしてるの堪んないです」

いやらしい音を立てて弥生の敏感な部分を舐めまわし、舌で優しく転がしたかと思えば急に強く吸い付いて、巧みな舌遣いで弥生の身体を翻弄する。

――ダメッ、おかしくなる。

湧き上がる快感に恐怖さえ覚える。まるで自分が自分でなくなってしまうような未知の感覚に、身体が震えて止まらない。

「日野く、も……やめっ」

「やめないよ。こんな気持ちよさそうに腰揺れてるのに」

「もう、わかんな……、怖いっ」

強烈な快感に、頭が真っ白になってしまいそうで怖い。

「怖くない。俺が手握っててあげる。声いっぱい出して、もっと感じて」

手だけじゃ足りない、抱き締めて欲しい。そう言おうとしたが、その言葉は「あ、ぁあン」という信じられないほどの激しい喘ぎでかき消され言葉にはならなかった。

ようやく顔を上げた日野が手の甲で口元を拭いながら満足そうに舌を覗《のぞ》かせた。

何度か身体を重ねた相手のはずなのに、今夜の日野は弥生の目に別人のように映る。

「日野くん、今日激しい……」

上がった息を整えようやく声を絞り出すように言うと、日野が体勢を変え、再び弥生を組み敷いた。

「いつもより興奮してるからですかね。こんな明るい部屋で里中さんの乱れる姿見るの初めてですから。普段我慢してる声をこうして聞けるのも余計興奮するというか」

確かにこれまでは視界のほとんどないような暗闇で身体を重ねていた。相手に見られているという羞恥心が、こんなにも興奮を煽るものだったとは。

寮で身体を重ねるときはもちろん声も配慮する。築年数の古いアパートでは、大きな喘ぎ声なんて出してしまえば隣近所に筒抜けだからだ。

「あんまり意地悪しないでよ……」

「意地悪？　里中さんが悦ぶことしかしてないつもりですけど」

「……困るの。気持ち良過ぎておかしくなっちゃうのが」

「なんで困るの。素直に感じてよ。気持ちいいって悦んでくださいよ。里中さんが気持ちいいって思うこともっとしたいし、俺も里中さんと一緒に気持ちよくなりたいんですよ——好きだから」

真っ直ぐ過ぎる日野の言葉に胸がぎゅっとなる。

「好きな子、気持ちよくしたい。好きな子で気持ちよくなりたい。もっと知りたい、もっと欲しいって思うのは当然でしょう。里中さんは違うんですか？」

弥生だって、日野を気持ちよくしたい。もっともっと欲しい。もっともっと深いところまで繋がりたい、そう思っている。

「違わない……私ももっと欲しい。日野くんの全部、知りたい」

そう答えると、今度は弥生のほうから両手を広げて日野の身体に手を伸ばした。

「来て……早く」

弥生の言葉に、日野がゴクと喉を鳴らした。

「じゃ、遠慮なく」

そう言って微笑んだ日野が、少し切羽詰まったような表情を浮かべながら弥生の足を割る。ぬち、と湿った音を立ててあてがわれたそれに、弥生の潤みがひくひくと反応する。

「日野くん……」

弥生が手を伸ばすと、日野がゆっくりと上体を傾け、弥生の中をこれ以上ないくらいの質量で埋め尽くした。

「あぁっ……」

日野が小さな呻《うめ》き声を上げ、弥生は日野の熱を受け止め身体を震わせた。

「ヤバイ……気持ち良過ぎてすぐイきそう。ていうか、なんでこんな熱いの」

身体がいつもより熱いのは自覚している。なんで、なんて弥生自身も知りたい。ただ、これまでも気持ちよかった彼とのセックスが、一段と気持ちいいと感じるのは、これまで足りていなかった気持ちが埋められて、溢れて止まらないからなんじゃないかと思う。

心が通じ合って初めてのセックスは、気持ちよくて幸せで、涙が出そうなくらい満たされた。

「日野くん、好き……」

溢れた気持ちが、無意識に弥生の口をついた。

「俺もですよ。ていうか、今更ですけど名前呼んでいいですか」

「……え、私？」

「他に誰がいるんですか」

「そっか……そうだよね。いいよ、日野くんの好きなように」

そう答えて弥生が日野を見つめると、日野がこれまで見たこともないような柔らかな笑顔で弥生を見つめ返してきた。

——ああ、私、愛されてる。

日野のこの温かな笑顔は、誰がどう見たって弥生を愛おしく思っている顔だ。作られたものでも、貼り付けられた偽物でもない、本物の笑顔。それだけは確かな気がする。

「弥生」

名前を呼ばれただけなのに、なんだかくすぐったくて温かくて幸せが胸に広がって行く。

「もっと、ぎゅってして」

弥生が強請ると、日野が弥生を力強く抱きしめて一瞬だけ動きを止めて笑った。

「いま、中もぎゅってされた」

「え？」

日野の言葉の意味がようやく分かって、弥生はあまりの恥ずかしさに日野から顔を背けると、日野が「可愛いな」と嬉しそうに笑って再び弥生に身体を密着させた。

「そろそろ動いていい？　もっと気持ちよくしたいんですけど」

「——うん、して。私の身体、日野くんで埋め尽くして」

その返事に日野が興奮したように動き出した。

「あっ、あ、あ、あぁん、うん……っ、激し、っ」

「弥生、もっと声出して。我慢しなくていいから」

日野の動きに弥生の身体が大きく揺さぶられる。抉《えぐ》るように奥を突かれ、その強烈な快感に意識が飛びそうになる。

「まっ……、やっ。おかしくなる……っ」

「おかしくなっていいよ。そういう弥生、もっと見たい」

——気持ちいい。日野を好きだってことと、気持ちいいこと以外、何も考えられなくなる。

向き合って抱き合ったまま何度もイカされて、休む間もなく身体を起こされ、彼の腿《もも》の上に跨《また》がるよう言われ、座ったまま下から激しく突かれる。

「ほら、足上げて。しっかり俺に摑まって」

「そんな……できなっ」

「できなくないよ。好きにしていいって。なんでもするって言ったの弥生だろ?」

名前を呼ぶことを許したら、いつの間にか日野の敬語が抜けて、少しだけ意地悪な本性が顔を出した気がする。

「もっと俺にしっかり摑まって。でないと、俺の抜けちゃうよ? 奥まで届かなくなっちゃうけどいいの?」

「い……やっ、もっと。欲し……っ」

自分でも本当にわけが分からなかった。こんなふうに相手を欲しいなんて——もっと欲しいと口に出して強請るなんて。

「あ……はぁ、あン」

「いい声。どんどん声が甘くなる」

日野がさらに興奮したように激しく弥生を突き上げた。

——こんなに、激しいの。でも、嫌じゃない。気持ちいい。

イったと思ったらまた身体を起こされる。中が痙攣《けいれん》して快感が止まらないのに、さらなる快感を与えられる。

「まだだよ、弥生。今度はうつ伏せて。枕抱いたままでいいからこっちにお尻高く突き出して」

「嫌。恥ずかし……っ」

そう答えながらも、身体は日野にいいように動かされ結局恥ずかしい格好をさせられてしまう。恥ずかしいと思っていても、止められないのだ。

「大丈夫、俺しか見てない。後ろからだとさっきと違うとこ当たって気持ちいいでしょう」

酷く恥ずかしい格好をさせられても、本気で拒否できないのは、その先にある快楽を期待してしまうから。

こんなこと、初めてだ。自分がこんなにも快楽に貪欲だったなんて知らなかった。日野が相手だとこんなにも大胆になってしまうなんて知らなかった。

「——いいっ。気持ち、いい！」

まるで、目の前にいる日野しか見えなくなってしまったみたいだ。

後ろから激しく突かれ、苦しくて、でも気持ちよくて、やめたくない。

「あっ、あ、あ、やぁン、あん」

「すげぇ可愛い声。ずっと聞いてたい……」

「日野、く……」

「ん？」

「や、やめないで……もっとして……」

熱い息を零しながら呟《つぶや》くと、ただでさえ弥生の中をいっぱいに埋め尽くしている日野の質量がさらに増した。

「そんなこと言われたらもう一晩中離しませんよ」

日野の言葉を嬉しいと思いながらも「無理。か、身体壊れちゃう……」と本音を零すと、日野が熱い息を吐きながら小さく笑った。

「煽ったのそっちでしょう。ていうか、これまで手加減してましたけど、もう我慢しないんで覚悟してください」

「え……⁉」

「ほら、もう一回。今度はもっと奥まで突いてあげます」

そう言った日野がニヤリと嬉しそうに微笑んで、再び弥生に腰を打ち付けた。

「あっ、や、も、無理っ……」

「無理とか言わないで、もう少しだけ頑張って」

「ダメッ……本当に、イくからっ」

「思いっきりイっていいよ。ていうか、俺ももう……」

――ああ、もうダメ。よすぎて本当にどうにかなってしまう。

余りの激しさに弥生は一瞬選ぶ相手を間違えたかも、と思いはしたものの、結局好きになってしまえば、そんなことは些細《ささい》なことなのだ。

誰かに恋をして、最後に残るシンプルな気持ち。

この人の傍にいたい――ただ、それだけがすべて。

＊　＊　＊

それから数カ月が過ぎ、季節は春を迎えた。

日野との関係は相変わらずだが、少しだけ日野の身体に変化があった。あれ程悩まされていた不眠の症状が急速に改善し、薬や弥生に頼らなくても眠れるようになったことだ。

はっきりしたことは分からないが、弥生が傍にいるという安心感が、彼の心に安定をもたらしているのかもしれないと日野自身が言っていた。

どうして弥生だったのか――？　結局、理由は分からない。

唯一彼が言っていたのは、彼が実家で暮らしている頃に飼っていた犬と弥生がなんとなく似ているということだった。

犬に似ているなんて——とは思ったが、彼が今はこの世にいない当時の飼い犬のことをとても愛おしそうに話す姿に愛情が溢れていて、大切な存在だったことが伝わって来て、文句も言えなくなってしまった。

結局のところ、理由なんて何だっていいのだ。日野にとって自分が特別だった——ただそれだけで。

「やっぱ、ちょっと遅かったね。ここも散り始めてる」

弥生はスマホを両手で支え、桜の木を見上げた。早番で仕事を終えた弥生は、定時で仕事を終えた日野を誘って近所で食事をしたあと、少し回り道をして寮へと帰っていた。

寮の裏手にある土手沿いの桜並木がかろうじてまだ花びらをつけていることを思い出して寄ってみようと提案したのは弥生だ。

「ライトアップ、今日までだっけ？　一番の見頃は過ぎちゃってるけど、これくらい咲いてればまぁまぁ綺麗じゃないですか」

「うん。桜もたぶん今日までだね。明日雨だって天気予報で言ってたし」

今夜いっぱいで散ってしまうだろう桜を写真に収めることに夢中になっていた弥生が、土手の小石に躓《つまず》いてバランスを崩したのを、後ろを歩いていた日野が黙って支えた。

「あ、ごめ。ありがと……」

「弥生サンのこういうの随分慣れたんで」

そう答えた日野がニヤリと笑った。

「――悪かったわね。そそっかしくて」

日野も相変わらずの調子だが、この素っ気なさと優しさのバランスが弥生にとって絶妙に心地よく、順調に付き合いを続けている。

奈緒や筒井にも報告はしたが、こちらが敢えて吹聴せずともそういった噂《うわさ》が広がるのはあっという間で、二人の関係は職場でも公認となっている。

ちょっとしたことで弄られたり、多少面倒なこともあるが、概ね皆が好意的で、職場の人間にも認知されているということも案外悪くないと思い始めている今日この頃だ。

「あーあ。明日からまた新人研修かぁ……」

この時期は毎年恒例の新人研修がある。

この春入社したばかりの新人たちが交代で宴会部に研修に入るのだ。もちろんレストラン課も例外ではない。ここ数年、新人たちの研修指導を任されている弥生としては、立場上仕方がないことだとは分かっていても少々気が重いのは事実だ。

「研修か、大変だ。うちは、そういうのないし通常通りだけど」

「そっか。事務所は、配属決まってからだもんね」

何十枚も似たような写真を撮って満足した弥生はようやくスマホの画面に触れシャッターを切る手を止めた。

「綺麗に撮れた？」

「うーん、まぁまぁかな。見る？」

弥生が訊ねると日野が身体を屈めて弥生のスマホの画面を覗き込んだので、弥生は日野が見やすいようにその場に立ち止まって周りを見渡してから、照明の近くの比較的明るい土手の斜面に座って日野にスマホを手渡した。

時間が遅いこともあり、土手で花見をしている人はほとんどなく、犬の散歩をしている人やウォーキングをしている人とすれ違う程度だ。

「あ、これ結構いい感じに撮れてる。俺にも送って」

「これ？　本当だ。いいよ」

弥生がスマホを操作して日野に写真を送信すると、日野のスマホの着信音が鳴った。

日野が送られた写真を確認するためにアルバムを開いたのを何気なく覗き込んだ弥生は、ふとあることを思い出した。

「そういえば、すっかり忘れてたんだけど……あの動画ってどうしたの？」

弥生が訊ねると、日野が何のことかというように眉を寄せた。

「ほら！　まえに……日野くんが撮ったっていう、私の……」

そこまで言って、日野が「ああ！」と思い出したように画面を指でスクロールした。

弥生が訊ねたのは、日野と関わりを持つようになった最初の夜に彼が撮ったという弥生の動画だ。それをネタに添い寝を要求された、ある意味因縁の動画の存在をすっかり忘れていたことに弥生も驚いていた。

「あれ、消すって約束してたな。忘れてた」

「私も！　あの時は日野くんとこんなふうになるって想像もしなかったもん」

「確かに。動画、まだ取ってあるよ。せっかくだから見てみる？」

日野がその画像を見つけ出し、ニヤリと笑いながら弥生にスマホを手渡した。

「やっぱなんか怖い……」

「はは。怖くないって。――まぁ、弥生にとって恥ずかしい動画なことに変わりはないけど、そこまで悲惨でもない」

「ちょ、悲惨ってなに⁉　一体なに撮ったのよ⁉」

「気になるなら見てみればいいだろ」

日野がそう言うと、弥生が手にしている彼のスマホの画面に指で触れた。

画像はおもむろに始まって、ガサガサとした雑音と共に、画面に映った弥生が明らかに酔っぱらった様子で何か話している画面が映し出された。

横に座っていた日野が、弥生の身体を後ろから包み込むように座り直し、画面の中の弥生の声が聞き取れるように音量を微調整する。

「――なにこれ」

弥生はスマホの画面を凝視した。

画面の中の弥生は、友人の結婚式に出たあの日の余所行きの格好こそしていたが、見るからに酷く酔っていて、可愛らしくアップしていた髪はボサボサで化粧は涙で崩れて、とても見るに堪えない外見と化していた。

画面に向かって——目の前の日野に向かっての絡み酒というやつだ。日野のことを誰だと思って話しているのか分からないが、失恋の経緯を時折嗚咽《おえつ》を漏らしながら話し、泣いているのか怒っているのかよく分からないような状態だった。

弥生はそんな画面に映った過去の自分の姿を見ながら、この日の日野に激しく同情した。

「も……やだぁ。なにしてんの、私」

「相当酷いだろ？　けど、新鮮だったな。職場での弥生とのギャップがすごくて」

「ねぇ、これ笑えないよ。恥ずかしい！　本当にごめん。私が日野くんだったら、こんな質の悪い酔っ払い女、さっさと放り出してる！」

「本当、放り出さなかったこと褒めてほしい。——で、ここからがまた面白いんだ」

日野が一緒に動画を見ながら、その日のことを思い出したように笑った。

「ほら、続き。こうなったら最後まで見てよ」

日野がスマホの画面をトントンと指さした。

《——ちゃんと、好きだったのになぁ。伝わってなかったのかなぁ……っ。仕事忙しくってなかなか会えないの、本当は寂しかったよ。でもっ、聡介私なんかよりずっと大人だしっ……私も大人ぶって理解あるふりして……。素直にっ、会いたいって言ってたらこんなことになってなかったのかなぁ？　私、どうしてたらよかったのかなぁ？　ねぇっ？お兄さんだったらどう？》

相変わらず酷い雑音混じりの動画で、画面の中の弥生が日野に絡んでいる。酔いが回っていてこの時の弥生は日野を同僚だとすら認識していないことが分かる。

《——素直にっ、なれたらよかったっ。格好悪くてもっ、背伸びしないでっ……思ってること全部言えてたらよかった、のにっ……》

そう言うなり、画面の中の弥生は手が付けられないほどに激しく号泣し始め、そこで画像は途切れていた。

これは酷く酔っていたからこそ零れた弥生の本音だ。付き合いが長くなるにつれ、聡介に言えずに溜まっていた本音が決壊していたのだ。

「画像はここで切れてるけど、このあとさらに酷かったんだ。子供みたいにわんわん泣き出して……夜も遅いし、マジかよ！　って必死で宥《なだ》めてたら、頭混乱してんのか元カレと間違えて抱き付いてきて——」

「……っ」

現実感を伴った事実を画像として見せられているうちに、蘇《よみがえ》る曖昧な記憶。

ああ、そうだった。怒りと悲しみと、後悔と寂しさ。いろんな感情がないまぜになって目の前の温かさに縋ったのは確かに弥生自身だった。

「……ごめん、日野くん。もう……いろいろと。いま一気に思い出して顔から火が出そうに恥ずかしい」

「はは、今更？」

そう答えた日野がスマホを上着のポケットにしまい、弥生を後ろから抱きしめた。

「――けど、あの夜がなかったら、弥生を知らないままだった」

日野の言葉に、弥生も静かに頷いた。

「そうだね。たぶん、お互いに謎なお隣さんのままだった。私を連れ帰ってくれたのが日野くんで本当によかった……」

人生におけるすべての事は小さな偶然の積み重ねからの奇跡だってどこかで聞いた。

聡介と別れたのも、あの日あのタイミングで日野に出会ったことも、一つ一つは小さな偶然だったのかもしれないが、思えば日野とこうして一緒にいられる今に繋がる奇跡だ。

ふいに強い風が吹いて、その風に煽られた桜の花びらがふわふわと夜空を舞った。

「そろそろ帰ろうか」

「うん」

先に立ち上がった日野に促されて、弥生もつられるように立ち上がった。歩き出した日野を追い掛けて、腕を摑んでそのまま手を繋いだ。

「――さっきの見てて思ったんだけど、弥生から見ていいまの彼氏にはどう？」

「え？」

「動画の中で、思ってること全部言えてたら――とか言ってただろ。そういうの、俺には言えてるのかなって」

「あ……うん。まぁ、それなりに」

「はぁ？　なんだよ、それなりって」

日野が少し不機嫌な顔をしたが、その拗ねたような顔を可愛いと思った。

もともと日野には自分の一番酷いところを見られてのスタートだったからか、彼に格好つける必要なんてなかった。そういった意味では、弥生が最も自然体でいられる相手であることは明白である。

「日野くんには、格好つけてなんかないよ。背伸びもしてない」

「素直になれてる？　いろいろ我慢してない？」

「――たぶん。あ、でも！　気遣いはしてるよ？　会いたいって思っても、私が暇でも日野くんが忙しい時期とかあるし、その逆もあるでしょう？　会おうと思えばいつだって会えるし、遠慮はしてない……と思う。うん！」

弥生が答えると、日野が「ならいいけど」と答えながら、少し意味ありげに弥生を見つめた。

「え、なに？」

「いや。もう少しああしたい、こうしたいって思ってもらえるようにしないとなーと思って」

「ん？」

弥生がその意味を図りかねて眉を寄せると、日野が弥生の手を引いて抱き寄せ、耳元で答えた。

「もっと会いたいとか、キスしたいとか、エッチしたいとか、離れたくないとか言ってもらいたいだろ、彼氏としては」

「あはは、なにそれ」

「笑うなよ」

そう言って、人目も憚《はばか》らず弥生の唇に噛みついた日野に愛おしいという気持ちが湧き上がる。彼に対してこんな気持ちになるなんて、出会った頃は想像もしていなかった。

「――で、今日はこのあとどうする？」

日野が期待を込めた目で弥生を見つめ、弥生はそんな日野に笑い返した。

「明日休みだから、日野くんの部屋でゆっくり過ごしたい……かな」

「もう少し具体的に」

まだ少し不服そうな日野に、弥生はこれから日野にして欲しいことすべてを、勇気を出して口にした。

「いっぱい抱きしめて欲しい、キスして欲しい。いっぱい触って欲しいし、どうにかなりそうなくらい日野くんで満たして欲しい」

口に出してから急に恥ずかしさが込み上げて、弥生が慌てて顔を隠すと、日野がなんとも嬉しそうに顔を赤らめながら言った。

「それ、反則だろ……」

「な、なんで⁉　具体的になんて言うから、そういう意味なのかと思って……」

「いや。正解っていうか……可愛すぎて今すぐ押し倒したいんだけど」

「ちょ、ここ外だからね⁉」

「分かってるって。待てないから、とりあえずキスだけ。帰ったら覚悟して」

そう言った日野が再び弥生の唇を塞ぎ、弥生は夜空に舞う桜の花びらを視界に入れながら静かに目を閉じ、彼の唇をこの上なく幸せな気持ちで受け止めた。

番外編　彼と彼女の境界線

「んじゃ、お先でーす」

　仕事を終え、筒井友淳は宴会場のパントリー横の階段を降りた。

　飲み物を買おうと立ち寄った従業員食堂で、自動販売機の目の前の席に座っていた河野奈緒が何か飲んでいたが、筒井に気付くとこちらに向かってひらひらと手を振った。

「筒井もいま上がり？　お疲れ」

「お疲れさん。河野こそ、今日早くね？」

　筒井が機械に小銭を入れると、ガコンと音を立てて取出口にペットボトルが落ちた。

「ああ、時間調整なんだ。残業溜《た》まってて」

「へぇ、働きモンじゃん。つか、何してんだよ。帰らないのか？」

「帰る――あ、そだ、筒井！　せっかくだからこのまま飲みに行かない？」

「お、それいいな。ていうか、河野と二人って久々だな」

　そうして、彼女と寮の近くにある馴染《なじ》みの居酒屋へと向かった。

　運ばれてきたビールでお疲れさまの乾杯をして、適当なつまみを注文する。入社したての頃からの長い付き合いで、一緒に飲む機会も多い彼女の食の好みはしっかりと把握している。

「すいません、お兄さーん。ここビール追加で」

河野が手を挙げながら、追加の飲み物を注文した。

「ペース早いな」

「だって、飲むの久しぶりなんだもーん」

「いつも飲んでるイメージしかないけどな」

筒井の言葉に、河野が頭のお団子を揺らしながら心外だと言わんばかりの表情を浮かべた。

「それは、弥生ちゃんとでしょ！　この間、日野くんも一緒に飲んだんだけど、さすがに毎回お邪魔したら悪いじゃない？」

里中と日野が付き合い始めたことに遠慮しているらしい河野が唇を尖《とが》らせながら答えた。

「うまくいってんの、あいつら」

「まぁ、仲良くやってるように見えるけど。一緒にいると地味にあてられるよ。でもびっくりしたよね。有賀さんとのことがあったから、正直日野くんはノーマークだったわ」

里中が三年付き合っていた彼氏と別れたのが確か夏まえのことで、長く付き合っていたその彼とは将来のことも考えているようなことを聞かされていた。相手の浮気で破局したわけだが、その破局をほんの一瞬チャンスなのでは？　などと下衆な考えを胸の内にしまい込んでいるうちに他の男に先を越されていた。

「筒井はさ、正直どう思ってるの。あの二人のこと」

「どうって？　まぁ、普通にいい感じなんじゃねぇの」

目の前の枝豆を口に運びながら、あえて興味なさげに答えると、向かいに座った河野が何か言いたげに意味深に微笑んだ。

「……なんだよ」

「本当によかったの？」

「だから、なにが」

「昔、弥生ちゃんのこと好きだったでしょ」

そう言われて、飲みかけていたビールを思わず吹き出しそうになった。

「はぁっ⁉　なっ……」

「隠すな、隠すな。いいじゃない、もう時効ってことで。後悔はないのかなーって。ほら、聡介さんと別れたとき筒井が行動起こしてれば、もしかしたらなにか変わってたかもしれないじゃない？」

河野がまるで筒井の心を読んだかのように、確信に満ちた目でこちらを見つめた。彼女は見た目はふわっとしているが妙に鋭いところがある。誤魔化したところで、結局深い追及を受け余計に面倒なことになるだろうと確信し、あえて否定はしなかった。

「変わんないだろ。どうせあいつの眼中になかっただろうしな」

自分で言っていて少し虚しくなるが、実際のところその通りだった。

同期で、入社してすぐの研修で河野と共に仲良くなって、研修を終えたあとも配属先はそれぞれ違っていたが皆同じ宴会部ということで絆《きずな》は深まり、仕事の話だけでなくプライベートな悩みも互いに打ち明けるような仲になった。

里中に対して確かに淡い好意のようなものはあったが、彼氏ができてからはその想いに蓋をした。絶妙なバランスを保つ三人の関係性を崩すことが嫌だったからだ。

「もー、そういうとこだよ。筒井！」

河野が少し呆《あき》れたような顔で小さな溜息《ためいき》をついた。

「なにが」

「もうちょっと、強引さを出していかないと。人の気持ちばっかり考えていい人ぶってると一生〝お友達止まりの男〟になっちゃうんだからね！」

「ほっとけっての……」

あしらうように答えたが、河野の言葉に耳が痛いのも確かだ。女友達はそれなりにいて、関係だって悪くない。女姉妹の間に育ったからか、女の扱いも慣れていてその輪に馴染むことも得意だ。けれど、河野の言葉通り、いつも友達止まり。仲良くなるにつれ、自分はいつの間にか彼女たちの恋愛対象から外されている。

「筒井、いい奴なのにねぇー」

河野がわざと大袈裟《おおげさ》に気の毒そうな表情を向けた。

「こら、なんだその顔。俺のことバカにしてんだろー？　河野こそどうなんだよ？　最近、男関係の話全然聞かねぇけど」

　そもそも友達止まりの扱いが一番際立つのは河野たちだ。信頼されているということは伝わってくるが、彼女たちのあけすけな恋愛相談にさすがに言葉を失うこともある。

　小柄で女らしい容姿の河野は、見た目に反して性格はサバサバとしていてギャップがある。そしてなぜかダメ男に引っ掛かりやすく、付き合った彼氏の愚痴を聞かされ続けてきた。

「また変なのに入れ込んでんじゃないだろうなぁ？　河野はマジで男見る目ないからなー」

　心配になって筒井が訊《たず》ねると、河野が「失礼だなぁ」と思いきり頬を膨らませた。子供のようにくるくると変わる彼女の表情は見ていて飽きない。

「まぁ、否定はしないけどさぁ。……ていうか、なんで私たちは幸せになれないのぉ？」

「いや、私たちって……。一緒にすんなよ」

「一緒にするよぉ。筒井だって長いこと一人じゃない」

「続かなかったってだけだろ。選ぶ相手に難ありの河野と一緒にすんな」

　それなりに女の子と付き合ったことはあるが、自分のなにがいけなかったのかどの恋も長くは続かなかった。

「俺のことはほっとけって。河野はけっこうモテるんだからもっと頑張れよ、な？」

「……誰にモテてるって？」

「ほら……和食の厨房《ちゅうぼう》さんに大人気だろ。めちゃくちゃ可愛がられてんじゃん」

「いや、オッサンにモテてもさぁ！」

「若い奴とも仲いいだろ。事務所の若手ともよく遊んだりしてるし」

「仲良くったって、筒井と一緒で〝お友達止まり〟なんですーぅ」

河野がグラスに残ったビールを一気に飲み干し、口元を拭って項垂れたのを見て筒井はそっとそのグラスを取り上げた。今夜は河野の飲みのペースが速い。頬がピンク色に色づいて語尾が伸びてくるのが酔っているサインだ。

「〝お友達止まり〟か……。案外、同類だな俺たち。河野、見た目は可愛いのに残念だな」

何気なく言うと、河野がゆっくりと顔を上げて筒井を見つめた。大きな目をぱちぱちと瞬かせてこちらを見つめている彼女のほんのり色づいていた頬がなぜか一気に紅潮した。

「……じゃあさ」

河野が少し不自然な様子で、照れくさそうに視線を斜めに逸らした。

「この際、同類同士で付き合っちゃえばいいんじゃない？」

冗談なのか本気なのか分からない河野の提案に、筒井は思いきり訝《いぶか》し気な表情を返した。

「は？」

「ちょっとぉ！『は？』ってなによ。不満なの⁉」

あまりの驚きに「はぁあっ⁉」と思わず間抜けな返事を返すと、河野がテンパったように両手を胸のまえで小さく振りながら言葉を続けた。

「だ、だから……ほら！　私も筒井もフリーだし？　知らないことはないってくらいお互いのこと知り尽くしてるし、なにより一緒にいて楽しいし！　二人ともお友達止まりキャラ同士でちょうどいいんじゃないかなって。それに！　筒井みたいな押しが弱いっていうか、ぼんやりした感じの男には、なんていうか……サクサクしたタイプの子が一番合うと思うの、そう！　私みたいな！　それに私、筒井とだったらずっと付き合える自信あるんだよね。出会ってから七年友達やってるけど、筒井のことは絶対嫌いにならない自信あるもん」

そこまで一気にまくしたてるように言った河野が、今度は筒井を真っ直ぐ見つめた。真っ直ぐと言ってもその目は自信なさげに小さく揺れていて、なんとか視線をそらさないよう堪えているように見えた。酔うと頬が色づくのは見慣れているが、この頬の赤みとなんとも照れくさそうな表情は初めて見た。

「どう？　なかなかいい案じゃない？」

「どう……って。いきなりアピール強過ぎるわ！」

驚きと戸惑いとで心の中は相当取っ散らかってはいたが、彼女の言葉を頭で反芻《はんすう》しながら自然と頬が緩んだ。彼女が決して自分をからかっているようにも、冗談を言っているようにも見えなかった。

なにより彼女に『絶対に嫌いにならない』と言われたことが妙に嬉《うれ》しかった。それは、自分も彼女に同じ気持ちを抱いているからだ。

「河野の彼氏か……考えたこともなかったけど案外悪くないな。俺もおまえを嫌いにならない自信はある」

友達と恋人の境界線——自分たちの関係をどうカテゴライズするべきかまだよく分からなくても、互いに好意があるのなら、新しい関係に踏み出してみるのもいいかもしれない。

「ていうか。いきなり……ってわけでもないんだよね。私は、まえから筒井のこと気になってたし」

「え、マジで⁉　いつから？」

「そういうとこ、ホント残念」

「おい……いきなりディスんなよ」

「でも、私はそういう筒井がなんかいいなって思ったの！　だから、私を彼女にしなよ。きっと毎日楽しいと思うよ」

そう言った河野が照れながら、それでいて見たこともないくらい柔らかで嬉しそうな笑顔を見せた。それからほんの少しだけ目を閉じて、彼女とのこれからを想像してみた。

「……ああ。確かに河野となら、毎日めちゃくちゃ楽しそうだ」

「でしょ？」

「自信満々かよ」

「あはは」

ひとつの恋が実を結ぶことなく終わっても、また誰かとの新しい恋が始まる。いくつもの出会いと別れを繰り返して、いつか人は最後の恋を見つけていくのかもしれない——。

目の前で無邪気に笑う河野の顔を見て、ふいに思った。

このとき、自分の最後の恋の相手が河野だったらいいのにな……なんて考えたことを、彼女が知るのはいつになるのだろう。

あとがき

　このたびは「添い寝契約　年下の隣人は眠れぬ夜に私を抱く」をお手に取ってくださいましてありがとうございます。

　蜜夢文庫さんから作品を出していただけるのは前作「甘い誤算　特異体質の御曹司は運命のつがいを本能で愛す」に続き二作目となります。

　こちらの作品は二〇二〇年五月にパブリッシングリンクさんより電子書籍として発売していただいたものに番外編の書きおろしを加えたものです。

　私はデビューして数年の新人で、華々しいコンテストの受賞歴や実績もないため、作品を文庫化していただけるなんて前作が最初で最後だろうと思っていたので、再びこんなありがたいお話をいただけてとても嬉しかったです。

　今回の作品は、わりとどこにでもいそうな普通のヒロインと、これまたどこにでもいそうな普通なヒーローのお話で、とにかく等身大であることに拘って書きました。

　ティーンズラブ作品の多くは、ヒーローが高スペックで、尚且つヒロインを溺愛するものが多いですよね。私も、そんな夢のあるお話が大好物なのですが、今回は夢みたいなドキドキよりも、より身近でリアリティーのあるドキドキ感を意識しました。

お話くらいは現実的なものよりどーんと夢のある感じがいいのかなぁとも思いますが、私自身が平凡なせいなのか（笑）、実際に起こりそうな現実的なお話のほうがより臨場感を味わえてドキドキするんです。そんな身近にありそうなお話で少しでも読者さまにときめいてもらえたらいいなぁと思い、心を込めて書き上げました。

会話のテンポもこれまでの作品よりずっとリアルにすることを心掛けたので、ヒロインとヒーローの弾むようなセリフやりとりを実際にその場にいるような気持ちになって楽しんでいただけたら嬉しいです。

番外編は、編集担当さんからの思わぬリクエストでヒロインの友人たちのお話になりました。編集さんには一切伝えていなかったのですが、彼らの裏設定としてもともと私の頭の中にあったので、楽しんで書くことができました。

今回の文庫版のイラストは、人気イラストレーターのＳＨＡＢＯＮさんに手掛けて頂きました。スケジュールの関係で、文庫化のお話をいただいたかなり早い段階でキャラデザインと表紙の完成画を拝見し、あまりの素敵さにとてもドキドキしたことを覚えています。

美しく品のある素敵な表紙とシーンを引き立ててくださる挿絵に恥ずかしくないようにと改稿にも一段と力が入り、電子版よりも満足のいく仕上がりになったと思っています。

最後になりますが、この作品を出版していただくにあたりご尽力いただきましたすべての皆様、本当にありがとうございました。この場を借りて感謝を申し上げます。

誠に申し訳ございません。私、藤枝依子は酔った勢いで所属タレントである荻野太一の童貞をいただいてしまいました。関係者の皆様にはこの場をお借りして深くお詫び……
できるわけない!!
バレたら
マネージャー
即クビ!!
電子でコミック&アニメーション化された話題作が蜜夢文庫に!

本書は、電子書籍レーベル「らぶドロップス」より発売された電子書籍『添い寝契約　眠れぬ隣人は甘いささやきでベッドに誘う』を元に、加筆・修正したものです。

★著者・イラストレーターへのファンレターやプレゼントにつきまして★
著者・イラストレーターへのファンレターやプレゼントは、下記の住所にお送りください。いただいたお手紙やプレゼントは、できるだけ早く著作者にお送りしておりますが、状況によって時間が掛かる場合があります。生ものや賞味期限の短い食べ物をご送付いただきますと著者様にお届けできない場合がございますので、何卒ご理解ください。
送り先
〒160-0004　東京都新宿区四谷 3-14-1　UUR 四谷三丁目ビル２階
(株)パブリッシングリンク
蜜夢文庫 編集部
○○（著者・イラストレーターのお名前）様

添い寝契約
年下の隣人は眠れぬ夜に私を抱く

２０２１年３月２９日　初版第一刷発行

著……涼暮つき
画……SHABON
編集……株式会社パブリッシングリンク
ブックデザイン……しおざわりな
（ムシカゴグラフィクス）
本文ＤＴＰ……ＩＤＲ

発行人……後藤明信
発行……株式会社竹書房
〒102-0072　東京都千代田区飯田橋２－７－３
電話　03-3264-1576（代表）
03-3234-6208（編集）
http://www.takeshobo.co.jp
印刷・製本……中央精版印刷株式会社

ISBN978-4-8019-2595-3　C0193
Printed in JAPAN